다르면 다를수록

다르면 다를수록

최재천 지음

arte

자연은 순수를 혐오한다

2013년 10월부터 2016년 12월까지 3년 2개월 동안
충청남도 서천에 지어진 국립생태원에서 초대 원장으로
일했다. 나는 평생 대학교수로 살면서 제대로 된 보직을
한 번도 해 본 적이 없다. 감투를 탐하지 않고 오로지
연구와 교육에만 전념한 천생 교수라고 말해 주면 아주
좋게 평가하는 것이고, 보다 솔직히 말하면 나는 지극히
이기적인 얌체 교수였다. 학장이나 처장을 해 본들 곰곰이
따져 보니 내게 남는 건 별로 없어 보였다. 다른 교수님들
연구 잘하시라고 뒤치다꺼리나 해 주는 자리를 내가 뭣
때문에 하나 싶었다. 그래서 요리조리 빼면서 나만 잘 먹고

4

잘 살았는데 말년에 된통 걸린 것이었다.

　　행정 경험이 전무한 내가 갑자기 큰 국가기관, 그것도 신설 기관을 운영하려니 걱정이 이만저만이 아니었다. 관리층은 대개 환경부에서 퇴임한 공무원 출신이 많았고, 그 밖에도 일반 기업체에서 온 사람, 학계에서 온 사람, 자영업을 하다 온 사람, 시민운동을 하다 온 사람까지 정말 다양한 사람들이 모여 있었다. 그 무렵 내가 은근히 질투하던 사람이 하나 있었다. 바로 김정은이었다. 참으로 균일한 집단을 통치하고 있는 아주 운 좋은 친구라는 생각이 들었다. 그러나 부럽진 않았다. 그런 일사불란한 집단은 절대로 창의성을 발휘하지 못한다는 걸 잘 알기 때문이다. 창의성의 꽃은 혼돈의 풀밭에서 피어난다. 다양성이 창의성을 낳는다.

　　"자연은 순수를 혐오한다." 다윈 이래 가장 위대한 생물학자라고 칭송받다가 거의 정확하게 지금 내 나이에 '요절한' 해밀턴William D. Hamilton 교수가 남긴 명언이다. 우리나라 과학 책 분야의 영원한 베스트셀러 『이기적 유전자』는 리처드 도킨스Richard Dawkins가 해밀턴의 이론을 일반 독자에게 알기 쉽게 풀어 준 책이다. 어느덧 이 땅에서 연례행사처럼 벌어지는 조류독감은 우리가 기르는 닭의 유전자 다양성이 고갈돼 벌어지는 생태

재앙이다. 비록 당장은 한두 마리의 닭이 비실거리지만 자칫하면 유전자 다양성을 상실해 거의 '복제 닭' 수준인 수천 마리가 순식간에 감염될 수 있다는 걸 알기 때문에 몽땅 끌어다 묻는 것이다. 우리 정부는 자꾸 철새들에게 손가락질하지만 정작 그들은 조류독감 바이러스가 돌아도 몰살하지 않는다. 유전적으로 서로 다르기 때문에 유행하는 바이러스에 운 나쁘게 취약한 몇 마리만 죽을 뿐이다. 자연은 순수를 혐오하고 다름을 추구한다.

　　　　우리가 짓고 있는 농사도 마찬가지다. 예전에는 여러 다양한 식물들이 한데 어울려 자라던 곳을 우리가 깨끗이 밀어내고 딱 한 종류의 식물만 심는다. 마침 우리가 심어 놓은 그 작물을 특별히 좋아하는 해충에게는 더할 수 없이 신나는 일이다. 자연생태계에서는 자기가 좋아하는 식물을 다 먹어 치우고 나면 갈등의 순간이 찾아온다. 자연에는 똑같은 식물이 바로 곁에서 자랄 확률이 적기 때문에 같은 식물을 먹겠다고 고집할 것인가 아니면 썩 좋아하지는 않지만 바로 곁에 있는 식물을 먹을 것인가 결정해야 한다. 기어코 자기가 제일 좋아하는 식물을 계속 갉아 먹으려면 그 식물을 찾아 길을 떠나야 한다. 우리에게는 그리 대단한 거리가 아니더라도 작은 애벌레에게는 엄청난 여정일 수 있다. 그러는 동안 식물은

생육할 시간을 번다. 농사는 곤충들에게 그런 시간 여유를
허용하지 않는다. 다름이 공존을 허용한다.

　　　다르면 다를수록
　　　세상은 더욱 아름답고 특별하다.
　　　그래서 재미있다.

2017년 10월
최재천

차 례

자연은 순수를 혐오한다   4

아름답다

특별하다

재
미
있
다

아름답다

서
두
르
는

꽃
들

봄이 깊어지면 온 나라에 벚꽃이 만개한다. 벚나무는
참 재미있는 나무다. 지금은 벌들이 잉잉거리며 꽃들을
찾지만 이제 곧 꽃이 지고 나면 벚나무는 개미들 차지가
된다. 벚꽃은 여느 꽃들과 마찬가지로 꽃 속 깊숙이
꿀샘이 있어 그곳을 찾는 벌들에게 단물을 제공하는 대신
꽃가루를 운반하게 한다. 그런데 벚나무는 꽃 속 외에도
꽃 밖에 꿀샘들을 갖고 있다. 이파리 밑동마다 한 쌍의
꿀단지들이 달려 있다. 이른바 꽃밖꿀샘이라 부르는
그곳에는 개미들을 위하여 벚나무가 특별히 단물을 담아
둔다.

아름답다

꽃밖꿀샘을 갖고 있는 식물은 벚나무만이 아니다. 우리나라에도 적지 않은 수의 식물들이 꽃밖꿀샘을 마련하여 개미들을 유혹하고 있지만, 열대로 갈수록 훨씬 더 많은 식물들이 꽃 밖에도 다양한 모습의 꿀샘들을 지니고 있다. 식물의 종류를 막론하고 꽃밖꿀샘은 모두 오로지 개미를 위해 마련한 기관이다. 개미가 집에 간 틈을 타 다른 곤충들이 가끔 들르기는 하지만 개미가 주된 고객이다. 당분을 얻는 대신 개미는 식물을 초식곤충들로부터 보호한다. 식물과 개미가 오랜 진화의 역사 동안 상생의 지혜를 함께 터득한 결과이다.

벚꽃 구경은 많이 해 봤어도 벚나무에 꽃밖꿀샘이 있다는 걸 아는 이는 그리 많지 않을 것이다. 금년에는 벚꽃이 지고 난 후 파란 이파리들이 돋아나면 꽃밖꿀샘을 찾아 혀를 한번 대 보길 권한다. 개미 밥을 빼앗는 일이니 조금 미안하기는 하지만 혀끝을 감싸는 은은한 단맛이 그리 나쁘지 않을 것이다.

벚나무는 또 한 가지 별난 속성이 있다. 이파리도 돋기 전에 벌거벗은 가지 위에 꽃부터 피운다. 무엇이 그리 급해서 겨울이 가기 무섭게 꽃잎부터 터뜨리는 것일까? 하지만 우리 산야를 둘러보면 성질이 급한 건 벚나무만이 아니다. 이른 봄눈도 채 녹지 않은

다르면 다를수록

새벽, 창밖에 무슨 인기척이 있어 내다보면 그 찬 공기에
저만치 비켜서서 두툼한 털옷을 벗고 하얀 속살을 드러내는
북유럽의 여인 같은 꽃, 목련도 마찬가지다. 앙상한 가지
위에 덩그러니 꽃들만 벌거벗고 서 있다.

시기적으로 보면 목련보다 늦게 피지만 워낙 온
사방에 피는 바람에 봄의 전령으로 불리는 개나리도 역시
꽃이 먼저 피는 식물이다. 모든 생물에게 번식이 궁극적인
목표라면 식물도 한철 열심히 벌어 에너지를 충분히
축적한 다음 꽃을 피워야 순서일 것 같은데 개나리, 목련,
벚나무 들은 무엇이 그리 급해 번식부터 하고 보는 것일까?
필경 지난해에 미리 에너지를 아껴 두었다가 새 봄이 오기
무섭게 목표를 달성하느라 온 힘을 다하는 것이리라.

심장 의학자 마이어 프리드먼Meyer Friedman과
레이 로젠만Ray Rosenman에 따르면 세 가지 타입의 사람들이
있다고 한다. 지나치게 경쟁적이고 공격적이며 모든 일을
조급하게 서두르는 사람들은 이른바 A타입에 속한다.
A타입 사람들이 바로 교통사고도 더 잘 당하고 심장마비도
더 잘 일으키는 문제의 사람들이다. B타입은 A타입에
속하지 않는 사람들을 가리킨다. 그들은 A와 B 외에도 전혀
야심이 없는 맹인 무직자들을 C타입으로 애써 구별하기도
했다. 과학적인 근거는 물론 설득력도 별로 없는 분류지만

많은 사람들의 호응을 얻어 결국 사전에까지 실린
개념이다.

어색하긴 하지만 비유를 하자면 우리 산야에는
별나게 A타입 꽃들이 많은 것 같다. 미국에서 15년을
살았지만 한 번도 봄이 이처럼 발악하듯 달려온다는
느낌을 받아 본 적이 없다. "빼앗긴 들에도 봄이
오는가"라고 물었던가. 늘 가난과 역경 속에 살아야 했던
우리 선조들에게 봄꽃들은 그렇게 발악하듯 봄이 왔음을
알려야 했는지도 모른다. 춥고 긴 겨울을 견뎌 내고 한 번
화려하게 불태운 후 일 년 내내 또 내년 봄을 위해 허리를
졸라매야 한다. 시작은 요란하게 하고 이내 시들해지는
일들이 우리 주변엔 너무나 자주 벌어진다. 봄날 내내
벚꽃, 개나리, 진달래, 철쭉이 한바탕 휩쓸고 가면 우린 텅
빈 뜰에 아카시아가 필 때까지 기다려야 한다.

봄꽃들을 볼 때마다 나는 우리의 '빨리빨리'
근성이 어쩌면 상당히 오래전부터 우리와 함께
있었는지도 모르겠다는 생각을 한다. 그 긴 판소리 완창을
다 듣던 인내의 민족이라 하지만 과연 우리가 늘 그렇게
여유 있는 민족이었을까 의심해 본다. 은나라 시절
소부巢父와 허유許由가 정치 참여를 권유받았을 때 냇물에
귀를 씻었다는 얘기는 사실 역설적으로 그 당시 정치가

다르면 다를수록

얼마나 썩었던가를 말해 준다. 우리 선조들이 줄기차게 느림의 미학을 찬미했다는 사실도 어쩌면 너무나 급하게 돌아가는 세상을 개탄하여 나온 것은 아닐까 싶다. "소년은 늙기 쉽고, 학문은 이루기 어렵더라. 일촌의 광음도 가벼이 말라少年易老學難成, 一寸光陰不可輕"는 주희朱熹의 시구를 즐겨 읊던 우리가 아니었던가.

아열대 삶에 걸맞게

비 오는 소리를 듣고 나는 알았다. 우리나라의 기후가
변하고 있다는 것을. 1980년대 초반 머리털 나고 처음으로
열대라는 곳에 갔을 때 겪은 웃지 못할 추억이다.
영화에서나 보던 정글 속으로 들어선 지 한 시간이
채 되었을까. 갑자기 새들의 지저귐이 멈추고 주변이
어두컴컴해지더니 어디선가 '우우' 하는 소리가 들리기
시작했다. 온 사방을 포위하며 접근하는 원주민들의
북소리 같기도 하고 저편 언덕 너머로 떼를 지어 달려오는
이름 모를 야생 동물들의 발굽 소리 같기도 한 그런 음산한
소리였다.

　　　나는 순간 가던 길을 멈추고 황급히 사방을

다르면 다를수록

둘러보았다. 언제 어디에서 무엇이 튀어나올지 모르는
그런 상황이었다. 등골이 오싹하며 숨이 가빠지기
시작했다. 사람의 흔적이라곤 보이지 않는 깊은 정글
한복판에서 부스럭 소리가 날 때마다 그 쪽으로 온몸을
돌려대는 내 모습을 누군가가 숨어서 지켜보았다면 웃음을
참기 어려웠을 것이다. 한참을 그러고 서 있는데 후드득
빗방울이 듣더니 이내 퍼붓기 시작했다. 정글이란 워낙
울창한 나뭇잎들로 지붕이 덮여 있는 곳이라 비가 내리기
시작하고 한참이 지나야 새기 시작한다.

그 후에도 똑같은 일을 서너 번씩이나
겪으면서도 나는 그 소리가 무슨 소리인지 알아채지
못했다. 그 소리와 비를 연결하지 못한 것이다. 그러던
어느 날 아침, 산에 갈 차비를 하고 있는데 홀연 창밖이
어두워지며 그 문제의 소리가 들렸다. 도대체 누가 그
소리를 내는가 알아보려 급히 창 쪽으로 다가서려는데
굵은 빗줄기가 연구소 양철 지붕을 때리기 시작했다.
빗소리였다, 그 문제의 소리는. 빗방울이 어딘가를 때리는
소리도 아니었다. 빗줄기가 공기를 가르며 내려오는
소리였다. 열대에는 하루에도 몇 번씩 그런 비가 내린다.
방울방울 줄기줄기 내리는 것이 아니라 누군가가 저
위에서 양동이로 쏟아붓듯이 좌악좌악 내린다. 나는 내

자신이 새롭게 발견한 그 소리에 매료되어 문밖 처마 밑에 서서 한참 동안 하염없이 비 내리는 소리를 들었다.

1994년 여름의 끝자락에 매달린 어느 날 15년간의 외국 생활을 접고 귀국한 내 귀에 바로 그 소리가 들렸다. 서울대학교에 부임은 했으나 아직 연구실을 배정받지 못하여 같은 학과 노교수님께서 내주신 작은 방 창틈으로 흘러드는 그 소리는 바로 내가 열대에서 듣던 그 소리와 조금도 다르지 않았다. 그러더니 금세 쏟아지기 시작했다. 어려서 보던 그런 빗줄기가 아니었다. 연구를 하러 머물렀던 열대에서 보고 신기해했던 바로 그 빗물 자락이 내 고향 산하에 쏟아지고 있었다. 과학을 하는 사람이 한갓 느낌을 가지고 떠들어 댈 수는 없는 문제라 그동안 입을 다물고 있었는데 드디어 최근 기상 전문가들이 보다 확실한 증거들을 제시해 주었다. 조심스레 우리나라 기후가 이제는 아열대성에 가깝다고 말한다. 비는 이미 열대의 가락을 흥얼거린 지 오래된 것 같다.

지난 세기 동안 우리나라의 연평균 기온은 거의 섭씨 2도 가까이 상승했다. 세계 평균이 0.42도인 것에 비하면 엄청난 변화다. 특히 지난 30년간의 상승 폭이 무려 3.4도에 달한다는 기상청의 발표는 대단히 충격적이다.

세계적인 지구온난화 추세에 비해 우리나라가 특별히 가파른 변화를 겪는 까닭이 무엇일까? 삼면이 바다로 둘러싸인 반도라는 점과 무관하지 않을 것이다. 우리나라 근해의 수온이 높아져 예전에는 볼 수 없었던 형형색색의 열대성 물고기들을 보게 된 지는 꽤 오래되었다. 예쁜 열대어들이 올라온 것은 그리 끔찍하게 느끼지 않겠지만 고기 그물 가득 올라오는 물컹물컹한 열대 해파리는 어찌하랴. 겨울철 해수 온도의 상승은 자못 심각하다.

1990년대 이전만 해도 이 땅의 장마철은 거의 예외 없이 6월 하순에 시작하여 7월 중순이면 끝이 났다가 8월 말에서 9월 초에 잠깐 이른바 가을장마가 찾아오곤 했다. 그런데 근래에는 7월과 8월에 걸쳐 장마가 이어지며 특히 7월 말과 8월 중에 집중호우가 내리고 있다. 예전이라고 장마철에 장대비가 억수같이 쏟아지지 않은 것은 아니었다. 하지만 우리나라의 장마는 대체로 지겹도록 꾸준히 몇 날 며칠이고 비가 내리는 형태였지 갑자기 100밀리미터 이상 게릴라성 폭우가 국지적으로 쏟아지는 형태는 분명 아니었다. 장맛비를 표현하는 말도 주로 '주룩주룩' 또는 '추적추적' 정도였지 '게릴라'라는 말까지 동원해야 할 정도는 아니었다.

기상 재해의 규모도 1990년대 이전에 비해

무려 10배 이상에 달하고 있다. 단순히 제방을 보수하는 수준으로 해결되는 문제가 아니라고 본다. 경기 북부 지역의 주민들은 여름만 되면 이부자리를 모두 묶어 놓은 채 뜬눈으로 밤을 지새야 한다. 근본적인 대책이 마련되지 않는 한 그들은 내년에도 또 내후년에도 계속 며칠 밤씩 피난민 생활을 해야 할 것이다.

우리나라의 기후가 진정 아열대성으로 변하고 있는 게 틀림없다면 합리적이고 과학적인 방법을 사용하여 스스로 적극적인 생활의 변화를 꾀해야 할 것이다. 아열대성 기후 조건에 걸맞은 농사를 지어야 하고 말라리아 같은 전염성 질병에 대한 대비도 더욱 철저히 해야 하며 가옥 구조도 바꿔야 한다. 점심 식사를 마친 뒤 한 시간쯤 시에스타를 즐기는 것은 어떨까. 20년 가까이 열대를 드나든 내게는 조금도 힘들지 않을 변화일 테지만 기후변화가 가져올 우리 생활 전반의 변화는 결코 만만치 않을 것이다.

자연을 이해하려면

우리 사회는 이른바 님비 현상이라 부르는 집단
이기주의가 팽배하다. 환경 운동도 아주 가끔은 님비의
오류를 범한다. 동물생태학자로서 맞아 죽을 얘기인지도
모르지만, 환경보호도 다 우리가 살려고 하는 짓이지
무작정 자연을 살리기 위해 우리가 죽을 수는 없는 일이다.
우리나라에 어느새 환경운동연합과 같은 힘 있는 시민
단체가 생겨났다는 것은 참으로 자랑스러운 일이다. 이제
다음 단계는 성숙해지는 일이다. 그러자면 배워야 한다.
구호성 운동도 멈춰서는 안 되겠지만 이젠 기초 생태
연구에 힘을 기울일 때가 왔다.

다르면 다를수록

한번은 한국동물학회가 저명한 영국의
개미 학자를 초청한 일이 있다. 그는 우선 영국
나비동호인협회에 감사한다는 말로 강연을 시작했다.
영국에는 나비를 사랑하는 이들이 워낙 많아 제아무리 난다
긴다 하는 정치인이라도 그들이 조직한 협회에 와서 절을
하지 않으면 표를 모을 수 없다고 한다. 나비동호인협회의
도움으로 당선된 의원들이 나비를 보호하는 법안에 손을
들 것은 너무도 당연한 일이리라.

그렇게 해서 절멸 위기에 놓인 부전나비 한
종을 보호하기 위하여 적지 않은 예산이 책정되었다.
많은 환경보호 운동들이 그렇듯이 그들도 그 부전나비의
서식지를 몽땅 사들인 후 말뚝을 삥 둘러 박고는 자축의
술잔을 높이 치켜들었다. 그러나 그들의 기대와는 달리
부전나비의 수는 오히려 더 빨리 줄어들었다. 그래서
뒤늦게나마 부전나비의 생태를 연구하기로 했다.
부전나비가 개미와 공생한다는 사실을 알고 영국의 개미
학자에게 연구비가 주어졌다. 그 부전나비의 애벌레는
개미가 개미굴로 데리고 들어와 키워 줘야만 나비가 될 수
있다.

연구 결과는 의외로 간단했다. 부전나비의
서식지에는 두 종의 개미들이 함께 살고 있었는데

부전나비를 데려다 키워 주는 개미는 실내 온도가 높게 유지돼야 발육도 잘되고 사회가 제대로 성장하는 반면 다른 종은 좀 서늘한 실내 온도를 선호한다. 그런데 부전나비를 보호한답시고 아무도 들어오지 못하게 하니 풀이 너무 자라 개미굴로 햇볕이 잘 들지 않았다. 이렇게 부전나비의 의붓 부모 노릇을 하는 개미들은 상대적으로 잘 자라지 못한다는 사실이 관찰되었다.

처방 역시 간단했다. 부전나비 보호 구역에 동네 사람들이 기르는 소나 말들을 풀어놓을 수 있도록 허락했더니 풀이 짧아지며 개미굴의 온도도 상승하기 시작했다. 나비와 개미는 물론 주민들까지 함께 승리하는 그야말로 환경 친화적이며 생산적인 해결책을 찾아낸 것이다.

방송 매체에 나와 이른바 '전문가의 견해'를 밝히는 환경 단체 간부들을 볼 때마다 조마조마한 마음을 금할 수 없다. 너무나 자주 생태학적으로 검증되지 않은 '이론'들을 펼치기 때문이다. 이젠 늘 반대를 위한 반대만을 고집할 순 없다. 과학적인 근거가 뒷받침되지 않는 구호는 더 이상 설득력이 없다.

환경보호에 생태학이 없기는 정부도 마찬가지다. 나는 오래전 환경부장관과 야생동물 이동

다르면 다를수록

통로 사업을 둘러보던 중에 환경부에서 시행하고 있는 환경기술사 시험에 생태학이 없음을 지적한 적이 있다. 정작 생물을 빼놓고 어떻게 환경을 얘기할 수 있는가 하는 지극히 간단한 논리를 차분하게 설명해 드렸다.

한참 내 강의를 듣던 그는 동행한 국장에게 생태학 과목을 당장 추가하라고 지시해 나를 놀라게 했다. 하지만 오늘까지 생태학은 환경기술사 시험에 정식 과목으로 포함되어 있지 않다.

생태학이란 생물과 환경의 관계를 연구하는 학문이다. 인간 중심적인 세계관을 탈피하여 생태학적 세계관을 갖춰야 한다는 목소리가 학계는 물론 사회 각처에서 드높아지고 있는데 정작 생태학을 연구하고 가르치는 곳은 턱없이 부족하다. 인류 전체의 생존을 다루는 학문인 생태학을 정부 부처의 공무원들은 물론 환경 단체의 회원들도 손쉽게 참여하여 배울 수 있는 제도적 뒷받침이 필요하다.

알이 닭을 낳는다

5월은 산다는 것에 대해 많은 걸 생각하게 하는 달이다.
5일은 어린이날, 8일은 어버이날, 그리고 석가탄신일도
들어 있다. 우리는 왜 태어난 것일까? 무엇 때문에 사는
것일까? 침팬지를 비롯한 많은 다른 동물들도 그들
나름대로 무언가를 생각하며 산다. 무엇을 먹을 것인가,
어디에 숨을 것인가 등은 물론, 심지어는 누구와 손을
잡아야 권력을 쥘 수 있는가까지 생각하며 살아간다.
하지만 삶의 의미 그 자체에 대해 생각하며 살아가는
동물이 우리 인간 외에 또 있는지는 확실하지 않다.

산다는 것은 정말 무엇인가? 시인 김상용은 그저

다르면 다를수록

"왜 사냐건 웃지요"라 했다. 어린이용 사전에서 '생명'이란 단어를 찾아보면 대개 "태어나서 죽을 때까지의 기간"이라 정의되어 있다. 어른들을 위한 사전에는 상당히 많은 정의와 설명들이 있지만 아이들에게는 시간적인 정의를 주었다. 삶에는 무엇보다도 시작과 끝이 있다는 이른바 한계성이 생명의 특성 중 아마 가장 뚜렷한 것인가 보다.

불교에서는 우리 삶을 생로병사라 일컫는다. 제아무리 천하를 호령하던 진시황도 불로초를 찾아 헤매다 결국 한 줌의 흙으로 되돌아갔다. 생명은 또 윤회한다는 것이 불교의 가르침이다. 기독교인들은 인간이라면 누구나 언젠가는 죽는 것이지만 원죄를 뉘우치고 예수님을 영접하면 영생을 얻는다고 믿는다. 이처럼 종교는 우리에게 생명의 한계성을 극복하여 영원히 살아남을 수 있는 길을 보여 준다.

박테리아는 대개 이분법이라는 방식으로 번식한다. 하나의 박테리아가 둘로 갈라져 새로운 박테리아를 생성한다. 그런데 어떤 박테리아는 때로 접합이라는 과정을 통해 회춘을 꾀하기도 한다.

두 마리 박테리아가 접합관이라는 통로를 연결하여 서로 유전물질을 맞바꿔 삶의 새 출발을

기도하는 것이다. 고린도후서 4장 16절 말씀대로 겉
사람은 낡아 가나 속 사람은 새로워질 수 있다는 말이다.
이론적으로는 이러한 방법으로 영원히 죽지 않고 살고 있는
박테리아가 있을 수 있다.

　　　　이처럼 삶을 개체의 수준에서 바라보면 누구나
한계성 생명을 지니지만 유전자의 눈으로 다시 보면
생명은 영속적인 것이다. 나는 비록 죽어 사라지더라도
내 유전자는 자식의 몸을 통해 영원히 살아남을 수 있다.
우리는 살아 숨 쉬고 움직이는 우리들, 즉 생명체들이
생명의 주체라고 생각하지만 영원히 살아남는 것은
유전자뿐이다. 그래서 하버드 대학의 생물학자 윌슨Edward
Osborne Wilson은 "닭은 달걀이 더 많은 달걀을 얻기 위해
잠시 만들어 낸 매체에 불과하다"고 했다.

　　　　『이기적 유전자』의 저자 리처드 도킨스에 따르면
유전자야말로 태초부터 지금까지 존재해 왔고 앞으로도
살아남을 '불멸의 나선'이고 생명체란 그저 유전자들의
복제 계획을 달성하기 위해 잠시 만들어진 '생존 기계'에
지나지 않는다. 태초의 바닷속에서 어느 날 우연히 자신을
복제할 줄 아는 화학물질로 태어난 DNA는 몇십억 년 동안
온갖 모습의 몸을 만들며 지금도 면면히 그 생명을 이어
가고 있는 것이다.

공생의 지혜

어렸을 때 시골에서 삼촌들로부터 전해 들은 얘기다.
광복되기 얼마 전 패색이 짙어 가던 일본군이 가미카제
특공대에 보낼 젊은 학도들을 차출하던 시절 아버지가
뽑혔다는 소문이 돌았다고 한다. 아버지는 당시 시골
고등학교이지만 공부나 운동 모두에서 탁월한 능력을
보이던 모범생이었다고 한다. 온갖 감언이설에 꿈 많은
젊은 청년이야 우쭐할 수도 있었으리라. 하지만 뭔가
수상한 걸 느낀 할아버지가 낫을 들고 학교로 쳐들어가
일본인 교장과 담판을 벌인 덕에 아버지가 목숨을 유지할
수 있었다는 것이다.

목숨을 유지한 것은 아버지뿐만이 아니다. 그때 아버지가 일본군에 끌려갔으면 아마 십중팔구 나는 이 세상 빛을 보지 못했을 것이다. 나뿐 아니라 내 동생들도 마찬가지이고 내 아들 역시 이 세상 사람이 되지 못했을 것이다. 생명이란 참으로 우연한 것이다. 한 생명에서 다음 생명으로 이어지는 선은 더할 수 없이 가늘지만 또 질기기도 하다. 그 많은 우여곡절 끝에 나라는 생명이 태어났고 또 내 아들이 이 세상에 왔다.

자연계에서 우리 인간을 제외하고 그 어느 생물이 과연 자신의 존재 의미를 사고할 수 있을까. 철학을 업으로 삼은 사람이 아니더라도 우리 모두는 때로 '나는 도대체 무얼 위해 이 땅에 태어난 것일까?' 또는 '하느님은 과연 나더러 무슨 일을 하라고 이 세상에 보내셨을까?' 등의 질문들을 스스로에게 던지며 산다. 부의 많고 적음, 또는 사회적 지위의 높고 낮음에 상관없이 나의 탄생은 무언가 의미 있는 사건이었어야 한다고 믿는다. 그리고 내 죽음 역시 결코 헛되지 않으리라 막연하게 기대하며 살아간다.

하지만 2001년 9월 11일 미국 뉴욕에서 벌어진 엄청난 테러 사건으로 인해 사라진 그 모든 사람들의 죽음이 제가끔 다 나름대로 의미를 지녔을까 생각해 보면 허무하기 짝이 없다. 자신의 죽음이 인류의 역사를

다르면 다를수록

바꾸는 데 기여하리라는 착각 속에 비행기를 몰아 건물의
한복판으로 돌진한 자들의 죽음이 진정 어떤 의미를
지니는지 알 수 없으나, 무슨 운명의 고리에 얽혀 그
비행기를 탔던 사람들이나 아침 일찍 세계무역센터로
출근하여 모닝커피를 즐기던 사람들의 죽음에는 또 무슨
특별한 의미가 있는 것인가.

　　　　진화생물학자인 나는 늘 삶과 죽음을 유전자의
관점에서 바라본다. 생물이 탄생하는 것도 결국은
유전자가 더 많은 유전자를 만들어 내기 위해 기계를
제작하는 과정이고, 우리가 그토록 거창한 의미를
부여하려 애쓰는 죽음도 유전자가 더 이상 기계를
사용하지 않기로 결정하여 폐기 처분하는 과정에 지나지
않는다. 그렇다고 해서 유전자가 납치될 비행기에
탑승하도록 시키거나 평소에는 늦게 출근하던 사람을
그날따라 일찍 회사에 나가도록 등을 떠민 것은 아니다.
죽은 이들의 몸 안에 있던 유전자들도 그날 그렇게 운명이
그들의 숨을 거둬 갈지 전혀 알지 못했다.

　　　　생물이 유전자의 지시에 따라 죽으라면 죽고
살라면 사는 것은 결코 아니다. 여러 유전자들이 모여
만든 생물체는 생명을 경외하며 죽음을 두려워하게끔
진화했다. 이 세상에 그 어느 동물도 죽음 앞에 두려워하지

않는 것은 없다. 죽음을 전혀 두려워하지 않는 개체가 오래 살아남아 번식을 제대로 할 리 만무하기 때문이다.

그렇다면 도대체 테러리스트들의 생명관은 어디서부터 잘못된 것일까. 그들의 자살 행위가 전혀 적응적이지 못한 것은 아니다. 약자들의 입장에서는 한두 사람의 장렬한 죽음이 모두에게 엄청난 힘을 줄 수 있다. 강자가 약자를 붙들고 동반 자살을 기도하는 법은 없다. 그래서 팔레스타인 사람들은 죽은 자기 동료들 몇몇을 애도하기는커녕 그 죽음으로 얻은 수많은 적의 목을 들고 거리로 뛰쳐나온다.

생물과 생물 간의 관계는 서로가 얻는 손익에 따라 크게 네 가지로 나뉜다. 개미와 진딧물, 그리고 꽃과 벌 사이처럼 양측이 모두 이득을 얻는 관계를 공생이라 부른다. 공생을 좀 더 세분하면 한쪽은 이득을 보지만 다른 쪽에는 아무런 영향을 끼치지 않는 관계를 편리공생이라 하며, 양측이 공히 이득을 취하는 관계는 상리공생이라고 한다.

한쪽은 손해를 보는 대신 다른 쪽에는 이익이 되는 관계로는 포식과 기생이 있다. 남을 잡아먹고 사는 동물이나 남에게 빌붙어 사는 생물들이 만드는 관계들이다. 이런 관점에서 보면 호랑이와 모기는 비슷한 존재들이다.

그리고 양측이 모두 피해를 입을 수 있는 관계는 말할
나위 없이 경쟁이다. 그런가 하면 나도 손해를 보지만
남의 손해가 내 것보다 크기만 할 때 성립하는 관계는
악의spite에 의한 관계인데 이론적으로는 가능하지만
자연계에서는 마땅한 예를 찾기 어렵다.

　　　생태학자들은 오랫동안 이 네 관계들 중 경쟁과
포식 그리고 기생이 가장 흔하며 '성공적인' 관계들이라고
믿었다. 그러나 지난 수십여 년간의 연구로 이들 관계에
못지않게 수많은 생물들이 공생의 지혜를 터득하여
성공을 거뒀다는 사실을 깨달았다. 악의에 의한 관계는
자연계의 그 어느 곳에도 발을 붙이지 못했다. 인간 사회를
제외하고.

숨겨 주고 싶은 자연

새들은 대부분 일부일처제의 번식 구조를 가지고 있다. 갈매기가 그렇고 원앙이 그렇듯이 암수가 함께 새끼를 키운다. 알이 수정되자마자 몸 밖으로 내놓기 때문에 암컷이 수정란을 일정 기간 몸속에 끼고 키우는 포유동물들과 달리 아내와 남편이 공평하게 자녀 양육에 참여할 수 있다. 둥지 안에 덩그러니 놓여 있는 알들을 내려다보며 아내가 남편에게 "당신이라고 알을 품지 못한다는 법이 있는가?"라고 묻는다. 그래서 새들의 세계에는 일부다처제가 드물다.

하지만 뜻밖에도 일처다부제는 줄잡아 20여 종의 새들에서 관찰되었다. 얼마 전 우리나라 중부지방

어느 습지에서 관찰된 호사도요도 그중 하나다. 도요새들 중에는 재미있는 번식 구조를 가진 새들이 또 있다. 북유럽에 서식하는 점박이도요는 렉lek이라는 기상천외한 짝짓기 제도를 갖고 있다. 해마다 번식기가 되면 조상 대대로 모여들던 곳에 수컷들이 먼저 날아와 제가끔 춤을 출 수 있는 공간을 확보한 후 초조하게 암컷들을 기다린다. 드디어 암컷들이 나타나면 렉은 광란의 도가니로 변한다. 수컷들은 모두 자기 앞에 나타난 암컷에게 잘 보이기 위해 온갖 기이한 몸짓과 괴성을 동원하여 교태를 부린다. 암컷들은 이 수컷 저 수컷의 공연을 감상한 후 마음에 드는 수컷과 짤막한 정사를 나눈 후 훌쩍 날아가 자식은 혼자 키운다.

　　　호사도요는 1887년 러시아 생물학자가 서울 근교에서 암컷 한 마리를 채집한 것을 끝으로 우리 산야에서 자취를 감춘 줄 알았는데 이번에 그 기막힌 자태를 드러낸 것이다. 막상 서식하고 있는 모습이 언론에 보도되자 다른 지역에도 살고 있는 것을 목격했다는 제보들이 뒤를 이었다. 호사도요는 참 귀한 새다. 수적으로 귀할 뿐만 아니라 사는 방식도 참으로 별나다.

　　　이 세상 대부분의 동물들에서 수컷이 암컷보다 화려한 것이 통례인데 호사도요는 암컷의 깃털이 훨씬 더 화려하다. 호사도요 수컷은 다른 많은 새들의 암컷이 그렇듯이 둥지 색깔과 그리 다르지 않은 갈색 깃털로 뒤덮여 있는 반면, 암컷은 붉은색, 검은색, 흰색의 깃털로 장식된 세련된 가슴을 자랑한다. 이른바 일처다부제의 번식 구조를 가지고 있는, 자연계에 몇 안 되는 동물들 중 하나다. 다른 종들에서 종종 수컷들이 하듯 호사도요 암컷은 자기만의 영역을 보호하며 그 영역 안에 둥지를 튼 여러 수컷들에게 따로따로 알을 낳아 주고 키울 수 있도록 배려한다.

이렇게 흥미로운 새가 우리나라에 살고 있었다니 다시 한 번 생명의 끈질김에 머리가 숙여진다. 어느 곳 하나 성한 곳이 없는 만신창이 금수강산에서 어떻게 여태 그 고운 색깔을 유지하고 있었느냐. 아주 어렸을 때 나는 금붕어가 사람들이 일부러 물감을 들인 물고기인 줄 알았다. 시골 개울에서 잡는 물고기들은 거의 한결같이 희끄무레한 색을 띠고 있었기 때문에 금붕어는 필경 이 세상 물고기가 아니리라 생각했다. 아마도 각시붕어였나 보다. 어느 날 예쁜 색동옷으로 갈아입은 그 고운 고기 한 마리를 개울에서 건져 내 손 안에 쥐기 전까지는 물속에 그런 색들이 헤엄치고 있으리라고 상상조차 하지 못했다.

사진으로 보는 호사도요지만 너무나 고와

보인다. 하지만 그 고운 색깔을 신문에서 보는 순간 반가움은 잠시일 뿐 걱정이 앞섰다. 발견된 지역 이름을 밝힌 활자가 너무나 크게 보였다. 이제 곧 누군가가 저들을 잡으러 갈 것 같은 불안함에 치가 떨렸다. 해치려는 사람들이 아니더라도 그들을 보겠다고 떼거지로 몰려가는 날이면 그 새들은 어쩌면 어렵게 마련한 보금자리를 포기해야 할지도 모른다. 주말 아침에 보면 젊은 여성 리포터가 인적이 드문 오지를 소개하는 텔레비전 프로그램이 있다. 워낙 좁은 땅덩어리에 갈 곳이 마땅치 않은 우리들에게 깨끗한 자연과 접할 수 있는 곳을 알려 주는 일은 분명히 좋은 일이다. 하지만 그 프로그램을 볼 때마다 "아, 또 한 청정 지역이 사라지는구나" 하는 탄식이 내 입에서 절로 터져 나온다.

수필가 고 장돈식 선생은 그의 수필집 『빈산엔 노랑꽃』에서 크낙새를 발견하곤 새를 연구하는 대학교수 연구실의 전화번호를 뒤적이다 수화기를 놓고 만 얘기를 적고 있다. 새 편을 들기로 한 것이다 "학계는 천하를 얻은 듯 날뛰겠지만" 그 통에 크낙새의 운명은 또다시 바람 앞에 촛불 신세를 못 면하리라는 생각에 그는 그 누구의 눈에도 띄기 전에 어린것들이 어서 자라 더 깊은 숲속으로 날아가기만 가슴 졸이며 빌었다 한다.

다르면 다를수록

나도 예전에 자연 생태 조사를 하던 중 참으로
반갑게도 반딧불이를 발견한 적이 있다. 그 지역에서
반딧불이가 관찰된 지 너무도 오랜 터라 밤새도록
그들의 군무를 올려다보며 즐거워했다. 칠흑같이 어두운
밤하늘을 배경으로 초록색 불빛을 반짝이는 그들이 너무도
소중했기에 나 역시 입을 다물기로 했다. 학자로서 할 일이
아닌 줄은 알았지만 학문도 그들이 살고 난 후에야 할 수
있는 일이라 생각하고 마음의 눈을 슬며시 감아 버렸다.

사라져 가는 것들

나는 어렸을 때 할아버지에게 호랑이 얘기를 듣는 걸
무척이나 좋아했다. 달이 너무 밝아 먼동이 트는 줄 알고
한밤중에 밭에 나가 김을 매고 있는데 무슨 큰 짐승이
밭이랑 사이로 휑하니 지나가더라는 것이다. 설마 하고
계속 김을 매노라니 이번엔 반대쪽을 향하여 또 무언가가
바람을 가르며 스쳐 가더란다. 순간 섬뜩한 예감이
들어 사방을 둘러보니 들판 저 끝 솔밭에 불빛 두 개가
이글거리며 밭 쪽을 내다보고 있더라는 것이다.

  그제야 할아버지는 비로소 당신이 김을 매기
시작하신 지 두어 시간이 족히 흘렀건만 동틀 기미가

다르면 다를수록

보이지 않는다는 걸 알았다고 한다. 서둘러 낫이랑 호미를 챙겨 솔밭 길을 헤치며 거의 3킬로미터나 떨어진 집으로 돌아오는 동안 줄곧 무거운 발자국 소리가 뒤를 따르더라는 것이다. 가끔씩 흙모래가 언덕을 타고 내려와 어깨를 두드리기도 했다고 한다. 나는 이 얘기를 적어도 열 번 이상 청해 들었다. 매번 가쁜 숨을 몰아쉬며 말이다.

공식적인 기록에 의하면 남한 땅에서 호랑이가 마지막으로 목격된 것은 지금으로부터 90여 년 전의 일이다. 할아버지의 호랑이 무용담은 그보다 적어도 10년은 더 옛날 대관령 기슭을 배경으로 한다. 호롱불을 벗 삼아 따뜻한 구들에 모여 앉아 밤새도록 나누는 시골의 얘기들 중 상당수가 부풀려진 얘기이긴 하지만 나는 어쩐지 할아버지의 호랑이 얘기는 진실일 것만 같았다. 어려서 산 너머 큰댁에서 해가 지도록 놀다 어두운 솔밭 길을 따라 집으로 돌아올 때면 나도 혹시 호랑이를 볼 수 있지 않을까 하는 기대감에 늘 가슴을 졸이곤 했다. 삼촌들 꽁무니에 바짝 붙어 걷는 덕에 무섭다는 생각보다는 그 신비의 동물을 내 눈으로 직접 보고 싶다는 생각이 더 컸던 것 같다.

한동안 경상북도 청송 사람들이 호랑이 얘기로 밤을 지샌다는 얘기가 나돌았다. 호랑이를 보았다는 마을

사람들의 소문이 자자하더니 드디어 어느 방송국에서
설치한 무인 카메라에 어슴푸레 호랑이 비슷한 동물의
모습이 찍혔다. 러시아에서 호랑이 전문가들까지 초청하여
잠정적으로나마 호랑이일 것 같다는 판정까지 받았으니
그 흥분이 오죽하랴. 그러나 지금까지 제시된 증거들로는
호랑이일 가능성은 사실상 희박하다. 그리고 토끼나
담비 같은 동물들의 모습이 카메라에 잡힌 걸 예로 들며
청송 지역 산야에는 호랑이의 먹이가 될 만한 동물들이
풍부하다는 얘기까지 덧붙였지만 생태학적으로 전혀
검증되지 않은 사실이다.

얼마 전에는 비무장지대에 호랑이가 살고
있을지도 모른다는 내셔널지오그래픽 기자의 발언이 또
한 번 사람들의 마음을 흔들어 놓았다. 직접 산속으로
누가 그리 자주 들어가지는 않는다 하더라도 인근에 차도
다니고 사람들이 살고 있는 청송보다는 반세기가 넘도록
인간의 그림자가 비치지 않은 비무장지대에 호랑이가 살고
있을 것 같다는 얘기는 언뜻 훨씬 설득력이 있어 보인다.

논의를 위해 호랑이 한두 마리가 아직도 우리
땅 어딘가에 살고 있는 것으로 밝혀진다고 가정해 보자.
절멸한 지 50년이 넘도록 어떻게 살아남았는지는 잠시
흥미로운 뉴스거리는 될망정 생태학적으로는 거의 의미가

다르면 다를수록

없는 사건이다. 자생 능력을 갖춘 개체군이 살아남아 있는
것도 아니고 그저 한두 마리가 겨우 목숨을 유지하고 있는
것은 사라져 가는 한 동물의 쓸쓸한 마지막 뒷모습을 보는
것에 지나지 않는다. 호랑이 한두 마리 정도는 동물원에도
있다.

　　　유명한 생태학자의 이름을 딴 앨리 효과Allee
effect라는 생태학 개념이 있다. 어느 동물의 개체군 크기가
너무 작아지면 먹이도 함께 찾을 수 없고 포식자들로부터
스스로를 지킬 수 있는 능력도 상실하며 심지어는 암수가
서로를 만날 수 있는 확률이 낮아져 번식도 어렵게 된다는
것이다. 오래된 개념이지만 오늘날 보건생물학자들에
의해 다시금 새롭게 그 의미가 부각되고 있는 이 이론에
따르면 어느 날 갑자기 절멸 위기에 놓인 동물 몇 마리를
찾았다고 해서 기뻐 날뛰는 것은 성급한 일이라는 것이다.
스스로 살아갈 수 있는 수준의 개체군을 발견해야만
비로소 안심할 수 있다.

　　　영국 스코틀랜드 네스호의 괴물에 얽힌 설화는
너무도 유명하다. 얼마 전에는 지진과 같은 지각변동
때문에 자칫 그럴듯해 보이는 증거들이 가끔 나타나는
것이라는 보도가 있었다. 그 괴물을 찾기 위해 그야말로
평생을 바치는 이들에겐 여간 맥 빠지는 연구 결과가

아니었을 것이다. 공룡이 이 지구상에서 자취를 감춘 지가 어언 6000만 년이건만 도대체 어떻게 그 사촌이 홀로 그 오랜 세월을 그곳에서 살아왔다고 믿을 수 있단 말인가. 한 마리를 찾기도 이렇게 어려운데 그 호수 속에 아직도 한 개체군이 버젓이 서식하고 있으리라 믿는 것도 아닐 테고. 생각해 보면 도대체 수명이 얼마나 긴 파충류이기에 아직도 살아 있단 말인가.

　　　극동 러시아 지역에 서식하고 있는 야생 호랑이 개체군도 이미 앨리 효과의 깊은 수렁에 빠졌을 것이라는 연구 결과가 있다. 자기 행동권 안을 아무리 돌아다녀도 다른 호랑이의 그림자조차 볼 수 없는 지경으로 그 수가 줄어들었기 때문이다. 삼천리 방방곡곡 어디 한 군데 할퀴어 놓지 않은 곳이 없는 마당에 이제 와 어느 산모퉁이에서 겨우 호랑이 한 마리를 찾았다고 해서 우리나라의 환경이 원시 그 자체라며 자랑할 수 있는 것은 결코 아니다. "너희 중에 어느 사람이 양 100마리가 있는데 그중에 하나를 잃으면 아흔아홉 마리를 들에 두고 그 잃은 것은 찾아다니지 않느냐" 하신 그리스도의 마음이라면 모를까, 그저 한 마리 남아 있을까 말까 한 것을 찾았다 하여 "즐거워 어깨에 메고" 집에 올 일은 아닌 것 같다.

　　　　다르면 다를수록

다름의 아름다움

광우병 공포가 미처 가시기도 전에 구제역 바이러스가 전 세계를 유린하고 있다. 유엔 산하 세계식량농업기구FAO는 그 어느 나라도 구제역으로부터 안전할 수 없다고 경고했다. 실제로 영국에서 시작된 구제역은 유럽은 물론 중동과 남미에서도 발생하더니 이젠 드디어 몽골에까지 나타났다. 때맞춰 극성을 부리는 황사가 구제역 바이러스를 실어 오지 않는다고 아무도 장담하지 못한다.

1969년 당시 미국 공중위생국 장관은 "전염병의 시대는 이제 그 막을 내렸다"라고 호언장담했다.

이 얼마나 경솔한 판단이었던가. 20세기 의학의

가장 위대한 업적으로 꼽히는 페니실린 발견으로 인류는 세균에 의한 감염에서 해방되는 듯 보였다. 그러나 세균과 벌인 우리의 전쟁은 그리 쉽사리 끝나지 않았다.

상처 부위의 감염을 유발하는 포도상구균의 경우만 보더라도 1941년에는 그 계통의 거의 모든 세균들이 페니실린에 의해 쉽게 제거되었다. 하지만 그로부터 불과 3년 만인 1944년에는 몇몇 균주들이 이미 페니실린을 분해하는 효소를 만들어 내기 시작했다. 오늘날에는 포도상구균의 거의 전부가 페니실린에 상당한 저항성을 보인다. 1950년대에 메티실린이라는 인공 페니실린이 개발되어 한동안 효과가 있었으나 곧바로 세균들의 반격이 시작됐다. 1960년대만 하더라도 임질은 페니실린으로 간단히 치료할 수 있었다. 저항성을 보이는 균주들도 앰피실린으로 누를 수 있었다. 하지만 현재 75퍼센트 이상의 임질균들은 앰피실린에도 끄떡하지 않는다.

드디어 몇 년 전 세계 보건의 날을 맞아 세계보건기구WHO는 전염병 시대가 다시 우리 곁에 찾아오고 있음을 시인했다. 거의 완벽하게 퇴치했다고 믿었던 전염병들이 세계 각처에서 창궐하고 있다. 우리나라도 예외가 아니다. 미처 준비가 안 된 상태에서 백신이 모자라는 소동까지 빚고 있다. 에이즈나 에볼라같이 예전에는 없었거나 그리 대수롭지 않았던 전염병들도 새롭게 등장하여 인류의 안녕을 위협하고 있다.

세균이나 바이러스와의 전쟁에서 인간이 점점 처지고 있다. 그들은 우리에 비해 세대가 워낙 짧기 때문에 훨씬 빨리 새로운 무기를 만들 수 있다. 생물은 그 어느 누구도 홀로 사는 것이 아니라 늘 다른 생물들과 함께 진화한다. 따라서 다른 생물들, 그중에서도 특히 병원균과의 경주에서 뒤지면 결국 멸종의 길을 걸을 수밖에 없다.

이러한 개념을 잘 설명하는 학설로 '붉은여왕설'이라는 이론이 있다. 루이스 캐럴의 소설 『이상한 나라의 앨리스』에 보면 거울 속의 나라에서 앨리스가 붉은 여왕과 손을 잡고 어디론가 달려가는 장면이 나온다. 숨을 헐떡이며 아무리 달려도 늘 제자리걸음을 하고 있는 자신을 발견하곤 앨리스가 말한다. "우리 동네에선 이렇게 달리면 지금쯤 어딘가에 도착해야 하는데요." 그러자 붉은 여왕은 "퍽 느린 동네로군. 여기선 있는 힘을 다해 달려야 제자리에나마 서 있을 수 있단다"라고 대답한다. 진화란 바로 이렇듯 붉은 여왕의 손을 잡고 뒤떨어지지 않기 위해 열심히 뛰는 것이다. 언제부터인가 병원균들이 또다시 우리보다 저만치 앞서가기 시작했다.

자연은 순수를 혐오한다. 그걸 모르고 우리는 농사를 짓는답시고 한곳에 한 종류의 농작물만 기른다. 해충들에겐 더할 수 없이 신나는 일이다. 구제역이나 광우병이 일단 발발하면 걷잡을 수 없이 번지는 까닭도 우리가 가축들을 모두 한곳에 모아 놓고 기르기 때문이다. 그렇다고 해서 하루아침에 갑자기 집약 농업을 포기하고 소규모 유기 농법을 도입하는 일은 그리 쉽지 않다.

정말 심각한 문제는 바로 유전적 다양성의 고갈이다. 더 좋은 품종을 얻기 위해 우리 인류는 지난 수천 년 동안 열심히 가축과 농작물의 유전적 다양성을 줄여 왔다. 좋은 유전자만 남기기 위해서 유전적으로 다양한 집단은 병원균의 공격을 받아도 몇몇 약한 개체들만 희생될 뿐이다. 광우병이나 구제역은 빙산의 일각에 지나지 않는다. 앞으로 이런 전염성 질병이 몰고 올 재앙은 점점 더 빈번해지고 그 규모도 훨씬 더 커질 것이다.

유전자 과학이 발달하여 곧 인간의 유전자도 마음대로 치환하고 조작할 수 있는 시대가 오면 우리의 유전적 다양성도 비슷한 비극의 길을 걸을 것이다. 좋은 유전자가 있다는데 바꾸지 않을 사람이 어디 있으랴. 남녀노소 할 것 없이 자신의 고유한 유전자를 남들이 다 좋다는 유전자로 바꾸기 시작하면 우리 스스로를 가축이나 농작물처럼 만드는 셈이다. 모두가 똑같은 가방을 메야 하고, 모두가 똑같은 구두를 신어야 하고, 모두가 똑같은 춤을 춰야 하는 우리나라는 특별히 큰 재앙을 맞이할 것 같아 걱정이다.

복제 인간 몇 명이 거리를 활보하는 것은 사실 큰 문제가 아니다. '유전자 종교'를 신봉하는 인간 교인들이 스스로 자연 앞에 무릎을 꿇을 일이 더 무섭다. 유전자 시대를 사는 현대인에게 '다름의 아름다움'을 노래했던 찰스 다윈을 새삼 소개하고 싶다.

자연선택론의 의미

11월 22일은 다윈Charles Robert Darwin의 『종의 기원』이 출간된 날이다. 무슨 까닭인지 우리나라는 11월 24일에 출간된 것으로 알려져 있지만 실제로 영국에서는 1859년 11월 22일에 시판되기 시작한 것으로 기록되어 있다. 뭐 그렇게 할 일이 없어 책 출간일까지 기억하고 사느냐고 물을 이가 있겠지만 내겐 그냥 평범한 책이 아니다. 내 학문의 출발점이요 종착역인 책이기 때문이다.

　　『종의 기원』은 내게만 중요한 책은 아니었던 것 같다. 초판으로 모두 1250부를 찍었는데 첫날 거의 모두가 팔려 곧바로 재판 편집에 들어갔다고 한다. 제2판은 같은

해 12월 9일에 3000부가 출간되었다. 자연선택에 의한 진화의 개념이 처음으로 세상에 알려지던 때였다. 논쟁의 한복판에 서 있는 책이 베스트셀러가 되는 것은 그때나 지금이나 마찬가지다.

학문의 역사에서 다윈의 자연선택론만큼 혹독한 시련을 거친 이론이 또 있을까 싶다. 우리네 삶의 많은 일들이 그렇듯이 오해가 이해를 앞서고 말았다. 『종의 기원』이 출간되자마자 사람들은 다윈이 동물원 철책 안에 앉아 있는 원숭이가 우리 인류의 조상이라고 주장하는 줄로 오해했다. 다윈의 진화론은 그때나 지금이나 절대로, 이를테면 침팬지가 진화하여 우리 인류가 되었다고 말하지 않는다. 침팬지와 인간이 그 옛날 공통 조상으로부터 분화되어 서로 다른 진화의 길을 걸어 오늘에 이른 것이라고 설명할 뿐이다.

현대 생물학은 DNA의 변화 속도를 거꾸로 계산하여 침팬지와 인간이 서로 다른 길을 걷기 시작한 시기가 지금으로부터 불과 600만 년 전이라는 사실을 밝혀냈다. 지구의 역사 46억 년을 12시간으로 놓고 보면 11시 59분을 훌쩍 넘긴 때였다. 현생인류인 호모사피엔스가 탄생한 것이 그보다도 훨씬 짧은 15만 년 내지 25만 년 전의 일이고 보면 우리 인간은 실로 순간에

'창조'된 동물이다.

　　　침팬지와 인간의 유전자는 그저 1퍼센트 남짓
다를 뿐이다. 자연계에서 우리들만큼 가까운 사촌을 찾기
쉽지 않다. 우리는 흔히 침팬지와 고릴라 그리고 오랑우탄
등을 저만치 한데 묶어 놓고 우리와 사뭇 다른 털북숭이
영장류들이라고 생각한다. 그러나 보다 과학적인 분류
기준에 따르면 침팬지는 고릴라보다도 우리와 더 가깝다.
침팬지의 유전자와 고릴라의 유전자가 같은 부분은 우리와
침팬지의 유전자가 같은 부분보다 적다. 우리는 애써
침팬지와 고릴라를 나란히 세우려 하지만 고릴라가 볼 때는
침팬지와 우리가 한통속이다. 엄밀하게 말하면 침팬지와
일명 '피그미침팬지'라 불리는 보노보, 그리고 우리 인간은
모두 침팬지 가족이다. 그래서 『총, 균, 쇠』라는 책으로
퓰리처상을 수상한 제레드 다이아몬드Jared Mason Diamond
교수의 저서 중에는 『제3의 침팬지』라는 책이 있다. 우리
인간이 바로 제3의 침팬지라는 것이다.

　　　다윈의 진화론에 대한 또 다른 오해는 요즘도
너무나 많은 사람들이 쓰고 있는 "종족 보존을 위하여"
또는 "종족 번식 본능" 등의 표현에 끈질기게 남아 있다.
이른바 자연선택의 단위 또는 수준에 대한 오해에서 비롯한
잘못된 개념이다. 다윈에게 자연선택은 의심의 여지없이

개체 수준에서 일어나는 것이었다. 개인의 이득과 집단의 이득이 상충할 때 아주 예외적인 경우를 제외하고는 자신에게 돌아올 이득을 포기하면서까지 소속 집단을 위해 희생하기란 그리 쉽지 않다. 자기 군락을 공격하는 적의 몸에 침을 꽂고 장렬한 최후를 맞는 꿀벌의 경우를 유전자의 관점에서 다시 보면 결국 자신에게 이득이 되기 때문에 기꺼이 희생을 감수하도록 진화한 것이다. 비록 자기 몸속의 유전자는 희생되지만 가까운 친지들의 몸속에 있는 보다 많은 유전자들이 후세에 전달될 수 있기 때문이다. 이른바 '이기적 유전자'의 개념이 바로 이것이다.

나는 국민교육헌장을 외우며 자랐다. 그 헌장을 외기 전까지 내가 "민족중흥의 역사적 사명을 띠고 이 땅에 태어났다"는 사실을 알지 못했다. 물론 나만 그랬던 것은 아니리라. 국민교육헌장의 다분히 선동적인 구호들은 집단의 이득을 위해 개인을 희생하기가 얼마나 어려운가를 역설적으로 잘 보여 준다. 그러나 산아제한 교육과 출산 억제 정책 덕분에 정작 출산율이 떨어지자 이제는 '역사적 사명'까지 들먹이며 여성들에게 출산의 희생을 강권하는 우리 사회는 아직도 국민교육헌장의 사고 수준을 벗어나지 못한 듯싶다. 우리 사회의 저출산이 마치 여성들의 '출산 파업'에 의한 것으로 착각하는 사람들이 많은 것 같다.

다르면 다를수록

출산 행위는 결코 여성 혼자 결정하는 것이 아니다. 부부가 마주 앉아 보육 환경과 사교육비 등을 고려하며 신중하게 내리는 부부 공동의 결정에 의한 것이다. 나는 『종의 기원』과 국민교육헌장 사이에서 엄청난 눈높이의 차이를 느낀다.

어우르는 자연

나는 고등학교 시절 잠시나마 미술가를 꿈꾼 적이 있다. 그 미처 이루지 못한 꿈을 조금이나마 해소할 기회가 있었다. 워커힐 미술관이 아트센터 나비라는 이름으로 거듭나며 색다른 기획전을 준비할 때, 참으로 뜻밖에도 이 삭막한 자연과학자에게 주제를 구상하는 영광을 준 것이다. 못 이기는 척 승낙하곤 곧바로 사이버공간 속에 새롭게 창조할 예술 세계에 대한 꿈을 꾸기 시작했다.

그리 어렵지 않게 내 가슴을 달구며 떠오른 주제는 바로 니치niche였다. 니치란 원래 작은 조각품이나 꽃병을 올려놓기 위해 벽면을 오목하게 파서 만든 장식

공간을 칭하는 말이었는데 생태학에서는 한 생물이 환경 속에서 갖는 역할, 기능, 또는 위치 및 지위를 의미한다. 구태여 공간의 개념으로 설명하자면 환경에서 생물이 차지하고 있는 다차원 공간을 뜻한다. 생물은 누구나 환경 속에서 자기만의 독특한 공간, 즉 역할이나 지위를 차지하고 있다는 개념이다.

다윈의 진화론에는 흔히 '약육강식', '적자생존' 등 다분히 경쟁적인 사자성어들이 따라다닌다. 이 같은 표현들은 사실 다윈 자신이 만든 것이라기보다는 그의 이론에 감화받아 성전을 끼고 세상에 뛰어든 '전도사'들의 작품이었다. 다윈의 『종의 기원』에 경쟁의 개념이 없었던 것은 아니지만 그것만 강조한 것은 결코 아니었다는 말이다.

니치의 개념도 처음에는 경쟁을 설명하기 위해 만들어졌다. 정확하게 동일한 또는 너무 비슷한 니치를 지닌 두 생물은 절대로 공존할 수 없다는 것이 기본적인 생태계 구성 이론이다. 이른바 경쟁적 배제의 원리competitive exclusion principle에 따르면 두 생물이 환경에서 추구하는 바가 너무 지나치게 겹치면 함께 살 수 없고 반드시 한 종이 다른 종을 밀어내게 된다. 그래서 지구의 생물들은 그 오랜 진화의 역사를 통해 서로 간의 유사성을 줄여

공존할 수 있도록 변화해 왔다. 그 결과가 오늘날 우리 앞에 파노라마처럼 펼쳐져 있는 이 엄청난 생물다양성이다.

자연은 언뜻 생각하기에 모든 것이 경쟁으로만 이루어져 있는 것 같지만 사실 그 속에 사는 생물들은 여러 다양한 방법들로 제가끔 자기 자리를 찾았다. 어떤 생물은 반드시 남을 잡아먹어야만 살 수 있는가 하면, 모기나 빈대처럼 남에게 빌붙어 조금씩 빼앗아 먹어야 하는 것들도 있다. 경쟁 관계에 있는 두 생물들은 서로에게 동시에 얼마간의 피해를 주는 반면, 포식과 기생을 하는 생물들은 남에게 일방적으로 피해를 주며 자기 이득을 얻는다.

하지만 자연은 이렇게 꼭 남을 해쳐야만 살아갈 수 있는 곳이 아니다. 의외로 많은 생물들이 서로 도우며 그 주변에서 아직 협동의 아름다움과 힘을 깨닫지 못한 다른 생물들보다 오히려 훨씬 더 잘 살게 된 경우들이 허다하다. 이걸 우리는 공생이라 부른다. 예를 들면 개미와 진딧물, 벌과 꽃, 과일과 과일을 먹고 먼 곳에 가서 배설해 주는 동물 등 자연계에서 어우름의 미덕을 터득한 생물들은 너무도 많다. 경쟁 관계에 있는 생물들이 기껏해야 제로 섬zero-sum 게임을 하는 데 비해 어우름을 실천하는 생물들은 그 한계를 넘어 더 큰 발전을 할 수 있기

때문이다. 농사를 지을 줄 아는 우리 인간은 대표적인
공생동물이다.

　　　　예전의 생태학에서는 늘 경쟁, 즉 '눈에는 눈,
이에는 이' 식의 미움, 질시, 권모술수 등이 우리 삶을
지배하는 줄로만 알았지만 이젠 자연도 사랑, 희생,
화해, 평화 등의 개념을 품고 있다는 사실을 인식하고
있다. 모두가 팽팽하게 경쟁만 하며 종종 서로 손해를
보는 사회에서 서로 도우며 함께 잘 사는 방법을 터득한
생물들도 뜻밖에 많고 대부분 매우 성공적이라는 사실을
발견한다는 점이 다행이다.

슬픈 동물원

나는 동물원에 가는 걸 무척 좋아한다. 외국 여행을 할
때면 종종 그곳의 동물원을 찾는다. 1990년대 중반 처음
귀국하여 동물행동학이나 생태학 같은 과목을 가르칠
때도 몇 번 학생들을 데리고 동물원에 갔다. 미국에서
가르칠 때에는 동물 관찰과 실험을 하기 위해 학교 주변의
산과 들을 자주 다녔다. 시골 학교에 있을 때는 물론 말할
나위도 없지만 보스턴 시내가 멀지 않은 곳에 있는 하버드
대학에서 가르칠 때에도 학생들을 데리고 야생동물들을
보러 갈 만한 곳들이 그리 멀지 않았다.

　　물론 내 강의에는 늘 생생한 동물 사진들이

많이 동원되어 이른바 시청각 교육의 효과를 그런대로 얻고 있지만 정말 살아 움직이는 동물들을 보는 것과는 비교가 되지 않는다. 처음 귀국하여 강의를 시작하며 어디 학생들을 데리고 갈 만한 곳이 없을까 두루 알아보았지만 정말 없어도 너무 없다 싶었다. 그래서 궁여지책으로 끌고 간 곳이 동물원이었다. 고릴라가 갇혀 있는 우리 앞에서 그들의 일부다처제 번식 구조에 대해 설명해 보았지만, 삶을 포기한 듯한 그들의 눈앞에서 동물행동학 운운하는 것은 참으로 어쭙잖다는 생각이 들어 나도 더 이상 동물원에 가지 않기로 했다.

환경운동연합의 생태보전팀이 야생동물 보호와 동물 복지 증진을 도모하는 모임인 '하호'의 도움으로 정리해 놓은 보고서를 보면 이게 동물원인지 동물 병원인지 헷갈릴 지경이다. 원래 바다에 사는 동물인 잔점박이물범들이 동물원의 예산 부족으로 바닷물이 아닌 민물 지하수로 채워진 수조에서 살고 있다.

초등학생들도 아는 과학 상식에 삼투현상이라는 것이 있다. 막을 가운데 두고 농도가 높은 곳에서 낮은 곳으로 물 분자가 이동하는 현상 말이다. 식물세포는 세포를 둘러싸고 있는 원형질막 바깥을 두툼한 세포벽이 또 한 번 싸고 있기 때문에 삼투현상에

다르면 다를수록

비교적 잘 견디는 편이지만 동물세포는 그렇지 않아 밖에서 너무 많은 물이 들어오면 파열되고 만다. 그래서 동물세포를 실험실에서 보관하려면 반드시 등장액, 즉 세포 내의 물과 용질의 농도와 같은 농도를 가지고 있는 액체를 사용해야 한다.

예를 들어 적혈구를 등장액인 1퍼센트 염 용액에 넣어 두면 일정 기간 그 모습을 유지하지만 만일 저장액, 즉 세포질 내에 있는 물보다 상대적으로 더 많은 물을 가지고 있는 용액에 넣으면 삼투현상에 의해 많은 물이 유입되어 결국 터져 버린다. 반대로 고장액에 넣으면 세포질로부터 물이 빠져나가 세포가 쭈그러든다. 이 너무나 단순한 생물물리 현상 때문에 짠물에 사는 동물들은 몸에서 너무 많은 물이 빠져나가지 못하도록, 또 반대로 민물에 사는 동물은 세포 안으로 너무 많은 물이 쏟아져 들어오지 못하도록 적응되어 살고 있다. 물범더러 조상 대대로 어렵사리 적응해 온 생리 현상을 도대체 어떻게 하루아침에 바꾸라고 강요할 수 있단 말인가. 민물과 짠물을 주기적으로 오가며 오랜 진화의 역사 동안 나름대로 적응 방법을 터득한 연어나 뱀장어에게도 그리 간단한 일이 아니다.

아프리카 숲속에서 부드러운 흙을 밟으며 살던 고릴라가 졸지에 콘크리트 바닥을 딛고 살아야 하는

기구한 운명에 처해 손발에 자주 상처가 나고 잘 아물지도
않는다고 한다. 그래서 우리나라 어느 동물원에 있는 몸값
10억 원의 고릴라는 이미 엄지와 검지 발가락을 잃었다.
탈장이 된 상태로 여생을 살아야 하는 침팬지를 비롯하여
너무나 많은 동물들이 동물원 우리 안에 갇혀 죽어 가고
있다.

　　　　동물원의 동물들이 겪고 있는 고통은 신체적인
것뿐만이 아니다. 어쩌면 정신적인 면이 더 심각할지
모른다. 세계적인 침팬지 학자 제인 구달Jane Goodall 박사는
대한민국 어느 동물원에서 만난 침팬지를 잊지 못한다.
아무리 말을 걸어 보려 해도 흰 벽만 바라보고 있던 그
침팬지의 초점 잃은 눈망울을 잊을 수가 없단다. 나와
만난 자리에서 그 침팬지를 구해 달라는 말씀을 몇 번이고
되뇌었다.

　　　　최근 몇 년간 우리나라의 동물원들도 보유하고
있는 동물들의 복지를 위해 이른바 친환경적인 시설을
마련해 주려고 많은 노력을 기울이고 있는 것은
퍽 다행스러운 일이다. 동물원에 실제로 대학에서
동물행동학을 전공한 전문가들이 자리를 잡기 시작한
것도 긍정적인 일이다. 나와 같은 고민을 했을 많은
교육자들이 자신의 제자들을 마음 놓고 동물원에 데려갈

수 있도록 우리나라 동물원들도 진정 행복이 넘치는 곳이
되길 기대한다.

바이러스가
사는 법

세계 각처에서 탄저병 환자들이 한꺼번에 여럿 발생하여
모두를 긴장시킨 적이 있다. 다행히 대부분의 경우
이른바 '생화학 테러'의 결과는 아닌 것으로 알려졌다.
생화학 테러가 가져올 재앙은 폭탄 몇 개 떨어뜨리는
정도와는 비교도 되지 않을 만큼 끔찍하다. 폭탄도 폭탄
나름이겠지만 원자폭탄이 그토록 무서운 까닭은 그
엄청난 파괴력도 그렇지만 방사선에 노출된 사람들과
그들의 자손들이 오랜 세월 겪어야 할 고통의 나날들이
어떤 의미에서는 더 끔찍하기 때문이다. 우리가 생화학
테러를 특별히 두려워하는 것에도 비슷한 이유가 있다.

다르면 다를수록

이 점에서 보면 탄저균은 사실 그리 훌륭한
바이오 테러감이 아니다. 테러리스트들에게 어떤 균을
사용하는 것이 가장 효과적이라고 가르쳐 줄 생각은 전혀
없지만 70퍼센트에 달하는 높은 치사율 때문에 그저
폭탄을 떨어뜨리는 것과 흡사한 결과를 얻을 뿐이다.
테러리스트들이 만일 치사율도 높고 2차 감염의 가능성도
높은 균을 개발하여 사용한다면 정말 큰일이다. 하지만
매개생물의 도움 없이는 이 두 조건을 동시에 만족하기란
쉽지 않다.

인간을 비롯한 자연계의 많은 동식물에 질병을
유발하는 병원균들은 모두 혼자선 살 수 없고 다른 생물의
몸을 빌려야 하는 기생생물이다. 이러한 기생 병원균들은
대체로 숙주에 대한 독성을 낮추는 방향으로 진화해 왔다는
것이 학계의 통념이었다. 왜냐하면 숙주를 지나치게 아프게
하거나 너무 일찍 죽게 하면 스스로 자기 자동차에 고장을
내거나 자기 집을 불태우는 격이기 때문이다. 그래서
현명한 병원균들은 어떤 방법으로든 숙주를 도와 가며
산다. 그렇다면 왜 수많은 사람들이 온갖 몹쓸 전염병으로
죽는 것일까. 기존의 이론은 논리적으로 몇 가지
문제점들을 안고 있다. 우선 병원균들의 전염 메커니즘의
차이에 대한 고려가 없고 진화의 속도에 대한 고정관념을

버리지 못하고 있다. 병원균들은 한 숙주의 몸에서 많으면 수백 내지 수천 세대를 살기 때문에 만일 독성이 강한 균주가 태어나 숙주의 몸에서 영양소를 마구 섭취하며 급속도로 자기 증식을 할 경우 숙주의 안녕을 위해 점잖게 행동하던 균주들은 더 이상 경쟁 상대가 될 수 없다.

다윈 의학에 따르면 직접적인 대인 접촉에 의해 전염되는 질병은 곤충을 비롯한 중간 매체에 의해 전파되는 질병에 비해 독성이 훨씬 낮다. 직접 접촉에 의해 전파되는 병원균은 숙주를 쉽게 죽이지 말아야 함은 물론 숙주로 하여금 다른 숙주들을 만날 수 있도록 해 주어야 한다. 감기 바이러스가 우리를 침대에 늘 묶어 두기보다는 일어나 다닐 만하게 해 주는 이유가 여기에 있다. 그들은 우리 몸의 방어 메커니즘인 기침, 재채기, 가래 등의 수단을 이용하여 끊임없이 다른 사람들의 몸으로 옮아간다. 그래서 감기 바이러스는 우리가 감기에 걸렸더라도 자꾸 돌아다니며 사람들을 만나 악수도 하고 그들의 얼굴에 재채기도 하게끔 만드는 것이다.

이런 점에서 볼 때 치사율이 매우 높은 에이즈 바이러스가 괄목할 만한 성공을 거두도록 내버려 두는 것은 안타깝기 짝이 없는 일이다. 한때 모기가 에이즈 바이러스를 옮길지도 모른다는 끔찍한 가설이 검증도

다르면 다를수록

없이 돌아다닌 적이 있지만 다행히 사실이 아닌 걸로 드러났다. 공기를 통해 전염이 되는 것도 아니다. 그래서 새로운 상대와 성 접촉을 할 때면 반드시 콘돔을 사용하고 남과 주삿바늘을 함께 사용하는 일만 삼가면 그들의 이동 경로를 거의 완벽하게 차단할 수 있다.

일단 숙주 간의 이동이 어려워지면 지나치게 독성이 강해 쉽게 숙주를 죽여 버리는 균주들은 숙주의 죽음과 함께 사라진다. 그렇게 되면 자연히 독성이 적은 균주만 남아 에이즈는 더 이상 치명적인 질병이 아니게 된다. 고도의 지능을 갖춘 동물인 우리가 이 같은 그들의 습성을 이해하고 적절히 행동하기만 하면 의외로 쉽게 물리칠 수 있는 적일지도 모른다는 얘기다.

동물이 중간숙주로 이용되는 병원균들은 대체로 숙주의 이동성을 고려할 이유가 없다. 우리가 움직이기 어려워하면 할수록 모기가 더 쉽게 숙주를 공격할 수 있고 병원균 역시 더욱 쉽게 다른 숙주로 옮아갈 수 있기 때문이다. 모기가 옮기는 말라리아 병원균이 아직도 이 지구상에서 가장 많은 사람들의 목숨을 앗아 가는 저승사자라는 사실이 이 같은 설명을 가장 잘 뒷받침한다.

만약 테러리스트들이 치사율과 함께 감염률을 고려해 생화학 무기를 개발하여 사용한다면 지금까지

인류가 개발한 그 어떤 것과도 비교조차 할 수 없는 무기가
될 것이다. 다른 한편 우리는 이미 생화학 테러를 하고
있다. 어느 한 곳 성한 데 없이 쑤셔 놓은 이 강산에서
공기며 물이며 할 것 없이 여기저기 치명적인 독소들을
뿜어내 놓고 그 속에서 숨 쉬며 산 지 오래다. 게다가 이젠
뒤늦게 경제개발에 혈안이 되어 있는 이웃 나라 중국이
온갖 오염 물질과 황사를 토해 내고 있고, 지구 자전의
방향과 바람 덕에 그들 대부분이 고스란히 우리를 덮친다.
테러리스트들이 고의로 하지 않더라도 우리는 스스로
저지른 '생화학 테러'에 시름시름 죽어 가고 있는 것이다.

다르면 다를수록

건축 자연스러운

인간은 참으로 묘한 동물이다. 짓고 부수고 또 짓고
부수며 지구의 피부를 할퀸다. 어느 이름 모를 행성의
생물학자들이 이 지구에 살고 있는 동물들의 행동과
생태를 연구하러 백 년에 한 번씩 방문한다고 상상해
보자. 그들이 지난번에 왔을 때 내려다본 지구는 그야말로
찬란한 '녹색의 행성'이었을 것이다. 지구 표면의 대부분이
숲과 초원으로 뒤덮여 있었을 테니 말이다.

      하지만 요사이 다시 찾아온다면 그들의 눈에
제일 먼저 띄는 것들은 무엇일까? 하늘을 찌를 듯 솟아오른
고층 건물들, 그런 도시와 도시들을 연결해 주는 도로망들,

그리고 그 거미줄 같은 도로 위를 질주하는 자동차라는
새로운 동물들이 보일 것이다. 그리고 백 년 전에 비해
엄청나게 변한 지구의 모습이 다 인간이라는 한 종의
영장류 동물에 의해 이뤄진 것이라는 사실을 알고는 적지
않게 놀랄 것이다.

하지만 자연계를 둘러보면 다른 동물들이
만드는 건축물들도 그 규모나 구조가 매우 다양함을
알 수 있다. 가장 대표적인 예로 새들의 둥지와
젖먹이동물들의 굴을 들 수 있다. 새의 경우 뻐꾸기처럼
남의 둥지에 알을 낳는 기생 새들과 바닷가 벼랑에 그냥
알을 올려놓고 기르는 몇몇 새들을 제외하곤 모두 여러
모습의 둥지들을 만든다. 새들이 둥지를 트는 행동은
여러 종에서 많은 조류학자들에 의해 자세히 관찰되었다.
나도 대학원생들과 함께 까치들이 어떻게 지붕까지 있는
가옥을 짓는지 관찰한 적이 있다.

스스로 자기가 살 집을 짓는 행동은 지극히
간단한 단세포생물인 몇몇 원생동물에서도 알려져 있다.
아메바 계통의 이들 원생동물들은 스스로 분비하여
만들어 낸 비교적 단단한 구조물 속에 그들의 부드러운
몸을 숨기고 산다. 해운대 모래들도 상당 부분 바로
유공충이라 불리는 원생동물들의 껍질이다. 이들의 보호

구조가 단순히 주변 환경으로부터 작은 입자들이 세포막에 붙어 만들어진 것이 아니고 세포 작용의 산물이라는 점은 분명하나 그 원생동물이 생각하거나 계획해서 만들어 낸 구조는 물론 아니다. 왜냐하면 단세포생물은 그런 정보를 수집하고 분석할 만한 중추신경계를 갖고 있지 않기 때문이다.

곤충들 중에도 우리 못지않게 훌륭한 토목건축 기술을 갖고 있는 것들이 있다. 그 대표적인 예로 흰개미를 들 수 있다. 아프리카나 호주의 초원 지대에 우뚝우뚝 솟아 있는 흰개미 마천루들은 규모나 기능 면에서 조금도 손색없는 걸작이다. 흰개미 굴의 단면을 보면 여러 방들을 서로 연결해 주는 통로들은 물론 굴뚝처럼 거의 수직으로 높이 뚫려 있는 통풍관들이 있다. 불붙듯 강렬한 태양 볕 아래 노출되어 있지만 굴 하층부의 입구를 통해 들어온 공기가 더워지며 관을 타고 상승하는 과정에서 굴속의 수분을 증발시킴으로써 실내의 온도를 효과적으로 조절해 준다. 실내 온도가 불쾌한 수준으로 오르면 일개미들은 모두 물 사냥을 나간다. 티끌 모아 태산인 격이지만 제가끔 입에 물고 온 물방울을 굴 벽면에 뿌려 온도를 조절한다. 삼복더위에 집 앞 뜰에 물을 뿌려 시원하게 만들던 옛 어른들과 흡사하다.

까치는 여간해서 지난해에 썼던 둥지를 또 쓰지 않는다. 아마도 같은 둥지를 계속해서 사용하면 그곳에 득시글거리는 기생충들로부터 자유로울 수 없기 때문에 진화한 적응이겠지만 그 큰 집을 해마다 새로 짓는 정성은 실로 놀랍다. 새 집을 지을 적당한 나뭇가지가 부족하면 헌 집에서 서까래나 기둥을 몇 개 뽑아 쓰기는 하지만 빈집은 대개 그대로 버려진다. 물론 그들에게 역사적 상징물 따위는 문제가 되지 않으리라. 그러나 인간이 인간됨은 그런 '우스운' 것에 연연해할 줄 알기 때문이 아닐까.

다르면 다를수록

아는 것이
사랑이다

2000년 말에 세계적인 석학들을 대상으로 실시한 설문
조사가 있었다. 우리 인류가 당면한 위기들 중 가장
심각한 것이 무엇이냐는 질문에 우리 시대의 석학들은
한결같이 생물다양성의 고갈을 들었다. 생물다양성을
보호하기 위해서는 우선 그것이 무엇을 의미하는가를
명확하게 알아야 한다. 1989년 세계자연보호재단WWF은
생물다양성을 "수백만여 종의 동식물, 미생물, 그들이 담고
있는 유전자, 그리고 그들의 환경을 구성하는 복잡하고
다양한 생태계 등 지구상에 살아 있는 모든 생명의
풍요로움"이라고 정의했다.

그래서 생물다양성은 대체로 유전자 다양성, 종 다양성, 그리고 생태계 다양성으로 나눈다. 종은 가장 일반적으로 받아들이는 생물다양성의 단위이다. 세계 각국이 모두 열대우림 보존에 동참하는 이유는 그곳에 특별히 많은 종들이 집결되어 있고 그로 인해 지구생태계 전체에 미치는 영향이 엄청나기 때문이다. 생태계는 특정한 지역에 살고 있는 모든 생물들의 집합인 '군집'과 그들을 에워싸고 있는 온도, 습도, 강수량, 풍속 등 모든 물리적 환경요인들을 포함한다. 구조적으로 좀 더 다양한 생태계가 그렇지 못한 생태계보다 더 큰 종 다양성과 유전적 다양성을 유지할 수 있음은 너무도 당연하다.

세계는 바야흐로 그린 경제체제로 돌입하고 있다. 전통적으로 경제 대국들에 의해 좌지우지되던 세계경제에 환경 부국들의 입김이 점차 강해질 것이라는 추측이다. 환경 빈국의 제품들이 국제경쟁력을 잃어 가고 있는가 하면 국제기후협약의 협정에 따라 한 국가의 산업구조 전체가 흔들릴 즈음이다. 이 같은 변화의 소용돌이 한복판에 우리나라의 촛불이 꺼질 듯 꺼질 듯 아슬아슬하게 서 있다.

그 촛불을 안전하게 지켜 줄 든든한 바람막이가 없다는 현실이 우리의 미래를 더욱 불안하게 만들고

다르면 다를수록

있다. 전통적인 경제 대국들과 새롭게 부상하고 있는 환경 부국들은 모두 필수적으로 보유하고 있지만 우리나라에는 없는 것이 바로 국립 자연사박물관이다. 황금알을 낳는다는 생명공학 시장은 정보 통신 시장의 규모와 맞먹으며 향후 엄청난 속도로 증가할 것이다. 그 시장이 바로 자연사박물관 위에 열린다는 사실을 아는가. 아직도 우리 주변에는 자연사박물관을 그저 죽은 동식물들을 보관하고 전시하는 곳으로 생각하는 이들이 적지 않은 것 같다. 자연사박물관이 첨단 연구의 메카이자 미래 산업의 산실이 될 수 있다는 사실을 이해하지 못하고 있다.

자연사박물관이 가지는 학문과 환경의 중요성은 말할 나위도 없지만 그 경제적 가치 또한 엄청나다. 삶의 질이 중요한 시대가 되면서 국립 자연사박물관이 국민 여가 활동의 질적 향상에 기여할 경제적 가치는 정량화하기도 어려울 정도다. 더욱이 분명히 이해해야 할 것은 생명공학을 바탕으로 형성될 국제시장의 경쟁력이 바로 국립 자연사박물관에서 시작된다는 사실이다.

외국 여행 중 자연사박물관에 가 본 적이 있는 분들은 알겠지만 자연사박물관을 영어로는 Natural history museum이라 한다. 그런데 시중에 나와 있는 영한사전을 찾아보면 'Natural history'를 한결같이 박물학이라

번역해 놓았다. 한영사전에도 박물학을 찾아야 'Natural history'라고 되어 있고 자연사라는 단어는 아예 없다. 자연사라는 단어가 있는 영한사전을 하나 찾았는데 'Natural death 自然死'라고 번역되어 있었다. 이렇듯 자연사란 우리에게 그 개념이 퍽 생소한 말이다.

　　　우선, 자연사라는 이름과 그 영역은 1세기 때 학자 플리니 Gaius Plinius Secundus가 라틴어로 집필한 『Historia Naturalis』라는 백과사전에 그 기원을 두고 있다. 그는 로마제국의 공무원으로 일하면서 무려 2000여 권의 책들에서 자연에 대한 2만여 가지 사실들을 발췌하여 백과사전을 만들었다. 그 후 콜럼버스의 신대륙 발견을 시작으로 16세기 르네상스 유럽의 왕족이나 귀족 들은 세계 각처로부터 온갖 진기한 것들을 수집하여 큰 방안에 진열해 놓고 친지들을 불러 자신들의 소장품을 과시하곤 했다. 18세기에 이르면 프랑스, 영국, 네덜란드 등의 나라들은 국가적인 차원에서 대대적인 외국 탐사를 단행하는데 이 같은 활동은 훗날 굴지의 국립 박물관들의 발전에 원동력이 되었다. 프랑스 국립 박물관의 경우를 예로 들면, 1793년 당시 463점의 새 표본을 소장하여 이미 세계적 수준을 유지하고 있었는데 10년 만에 무려 3000점 이상을 추가할 수 있었다.

그러나 이같이 세계 굴지의 박물관들이 거의
무모할 정도로 표본 수집과 정리에만 몰두한 바람에
자연사라는 학문은 마치 우표 수집과 같은 취미 생활
수준의 이른바 박물학으로 낙인이 찍히게 되었다. 이러한
관점은 상당히 최근까지 계속되어 분류학, 생태학 또는
행동학 분야의 연구자들도 스스로 자신들을 박물학자라고
부르길 꺼렸다. 그러나 1980년대에 접어들며 환경오염과
생물다양성 보존 문제가 우리 세대가 당면한 가장 심각한
문제들로 등장함에 따라 자연사는 다시금 현대적인
방법론으로 재무장한 종합 과학으로 새롭게 부활했다.
현대적인 의미의 자연사는 지구의 역사와 그 위에
존재했던, 또 존재하는 모든 자연물의 다양성을 밝히는
포괄적이고 종합적인 과학이다. 따라서 자연사적 연구를
제대로 하려면 자연물을 수집하고 정리하는 것만이 아니라
그들을 자연 상태에서 관찰하고 실험하는 분류학적,
생태학적, 행동학적 연구는 물론 최첨단의 기술과 장비를
이용한 물리학적, 화학적, 또는 분자생물학적 분석도
겸비해야 한다. 세계 제일의 자연사박물관들은 모두
가지런히 정돈된 표본장들은 물론 최신의 분석과학 장비도
갖추고 있는, 말하자면 최첨단 과학연구소들이다.

앞에서도 말했듯이 자연사박물관의 기원은

르네상스 시대로 거슬러 올라간다. 그 당시 재력과
권력을 겸비한 유럽의 귀족들이 수집하여 과시하던
개인 소장품들이 박물관의 시초인 것이다. 이같이 몇몇
특수층에게만 열려 있던 박물관의 문이 일반 대중에게도
열리게 된 것은 17세기 말 영국에서 시작되었으나 19세기
말 미국에서 일어난 의무교육의 이념에 힘입어 드디어
활짝 열리게 되었다. 누구나 교육을 받을 권리가 있다는
새로운 교육철학의 태동과 더불어 박물관도 그 역할이나
기능에서 새로운 시대를 맞게 된 셈이다.

    1988년 3월 28일 자 미국의 시사 주간지
《뉴스위크》에 미국인들의 여가 활동에 대한 여론조사
결과가 나온 적이 있는데, 1984년 이후 가장 급증한
여가 활동은 비디오 관람이었고 그다음은 박물관
관람이었다. 미국에서 연구하던 시절 실제로 보고 느낀
일이지만 미국인들, 그중에서도 미국 어린이들은 무척
박물관을 즐겨 찾는다. 나도 여러 번 박물관을 찾은
어린아이들을 안내하여 거대한 공룡들의 뼈를 보며
사라져 간 옛날이야기를 들려주기도 하고 온갖 화려한
색깔의 새들과 곤충 표본을 가지고 왜 대부분의 동물에서
수컷들만이 화려한 색을 지니는가에 대해 토론을
벌이기도 했다. 처음에는 무서워 비명을 지르던 아이들이

나중에는 살아 있는 큰 거미를 손바닥에 올려놓고 쓰다듬는
모습을 보며 흐뭇해하기도 했다.

어떤 자연사박물관이 좋은 박물관일까?
무엇보다도 중요한 것은 자연사박물관의 구조와 기능에
대한 올바른 이해다. 자연사박물관 하면 대부분의 사람들은
관람객들을 위한 전시 박물관만을 생각하기 쉬운데, 사실
자연사박물관은 두 개의 박물관으로 만들어져 있다.
하나는 일반 대중을 위한 전시와 교육을 담당하는 이른바
'겉 박물관outer maseum'이고 다른 하나는 연구와 전문가
양성을 위한 '속 박물관inner museum'이다. 겉 박물관을
멋있고 화려하게 만드는 일이 중요함은 말할 나위가
없다. 그래야 사람들이 계속 박물관을 찾을 테니 말이다.
그러나 잊어서는 안 될 것은 속 박물관이 튼튼하지 않고는
절대로 훌륭한 겉 박물관을 만들 수 없다는 사실이다.
교육적이면서도 감동적인 전시는 전시관을 만드는 목공의
손에 달린 것이 아니라 속 박물관 연구진의 머리에 달려
있다. 세계 굴지의 자연사박물관의 전시관에서 볼 수
있는 '관계자 외 출입 금지'라는 푯말이 붙은 문 뒤에는
전시관보다 더 넓은 연구 시설, 즉 속 박물관이 버티고
있다. 세계 일류의 전시를 원하면 우선 세계 일류의
연구진과 시설을 갖추어야 한다.

자연사박물관의 기초는 표본과 그것을
관리하고 연구하는 자연사학자들이다. 표본이 풍부하고
훌륭해야 모든 자연사적 연구도 기능하고 전시와 교육도
할 수 있음은 두말할 필요조차 없지만 표본 못지않게,
어쩌면 표본보다도 더 중요한 것이 바로 그 표본을 가지고
연구하고 전시를 위한 자료를 제공하는 연구진이다.
우리 국립 자연사박물관의 관리자들은 국내는 물론
국제 박물관 관리자들 또는 계통분류학자들과 협조하며
연구 활동을 해야 한다. 표본 자체는 물론 표본에 관련된
모든 자료들을 그 표본을 연구하고자 하는 학자에게
제공하는 일은 박물관 관리자의 임무 중 가장 중요한 것의
하나이다. 박물관 관리자들은 이런 업무 외에도 차세대의
자연사학자들을 양성할 의무를 갖고 있다. 대학을 비롯한
각종 학교교육에 적극 참여하고 협조하는 것은 물론
박사과정이나 박사과정 후 연구자들의 교육도 그들의
중요한 임무이다. 그러자면 국립 자연사박물관에는
분류학, 생태학, 행동학, 진화생물학, 지질학, 인류학 등
자연사 계통의 박사 학위 소지자들은 물론 자연사에
관련된 온갖 분석과학 계통의 연구자들도 있어야 한다.
훌륭한 자연사박물관은 단순히 표본만을
보존하는 것이 아니라 그 표본들에 관련된 모든 자료들도

다르면 다를수록

보관해야 한다. 동물 표본의 경우를 예로 들면, 표본 외에도 그 동물이 만든 둥지나 거미줄, 또는 발자국까지도 보관해야 한다. 동물들이 내는 소리도 녹음하고 그들의 행동도 녹화해 두어야 한다. 자연사박물관 옆에 야생동물 사육장, 수족관, 곤충관, 수목원 등을 설치하여 살아 있는 생물의 관찰과 실험을 가능케 한다면 금상첨화다. 외국의 사례들을 철저히 분석하여 좋은 점들은 취하고 졸속의 요인들은 처음부터 피해야 한다.

"모르는 게 약이다"라는 속담이 있지만 자연 보존에는 전혀 약이 되지 않는 속담이다. 자연은 알아야 보존할 수 있다. 뱀이나 거미를 무서워하던 이도 그들의 행동과 생태에 대해 공부하다 보면 저절로 그들을 사랑하게 된다. 진드기나 벼룩 같은 기생충도 자꾸 들여다보고 연구하다 보면 어느 날부터인가 예뻐 보인다. 유럽의 사상가 베이컨은 "아는 것이 힘이다"라고 말했다. 그 말에 한마디 덧붙인다면, '아는 것이 사랑이다'라 하겠다. 알아야 사랑한다. 어설프게 알기 때문에 서로 오해하고 미워한다. 상대를 완전하게 알고 이해하면 반드시 사랑하게 된다. 자연도 마찬가지다. 일단 사랑하게 되면 그를 해치는 일이란 생각조차 할 수 없게 된다. 개천가에 버려진 비닐봉지나 빈 깡통을 줍도록 주입식으로

가르치는 일도 필요하지만, 더욱 중요한 것은 자연을 알기
위해 더 많은 연구를 해야 하고 그러한 연구를 바탕으로
일반 대중, 특히 어린이들을 교육해야 한다. 새로 지어질
국립 자연사박물관이 바로 이러한 범국민교육의 중심
기관이 되길 바란다.

자연 속에 겸허한 자세로

창세기 1장에 따르면 하느님께서 이 세상을 창조하실
때 우리 인간만은 특별히 당신의 형상대로 만드셨다고
한다. 인간은 처음부터 선택받은 존재라는 뜻이다. 그러나
인간도 남자와 여자가 따로 있고 그들이 만나 수태하여
아이를 만들면 그를 자궁 속에서 일정 기간 키우다가 낳은
후에는 또 젖을 먹여 키우는 젖먹이동물임에는 틀림이
없다. 특히 생물학적 연구에 의하면 우리 인간은 침팬지와
거의 99퍼센트에 가까운 유전자들을 공유한다고 한다.
그렇다면 침팬지를 비롯하여 이 지구상에 존재하는 다른
모든 생물들이 자연선택을 받으며 진화해 오는 동안

아름답다

어찌하여 우리 인간만은 신의 선택을 받은 것일까?

　　　"생각한다, 그러므로 존재한다"라고 말했던
프랑스의 철학자 데카르트René Descartes는 인간만이
유일하게 사고할 수 있는 능력을 지녔으며 따라서 인간은
그렇지 못한 다른 모든 짐승들과는 근본적으로 다르다고
설명했다. 인간을 제외한 다른 모든 동물들은 과연 생각할
줄 모르는가? 그들은 모두 의사 선생님의 고무망치에
반사적으로 튀어 오르는 우리들 무릎처럼 그저 온갖
자극에 무의식적으로 반응하는 로봇과 같은 존재들인가?

　　　한 번쯤 개나 고양이를 키워 본 사람이면 누구나
데카르트의 생각이 얼마나 어처구니없는 억지인지 잘
알고 있다. 동물들의 도구 사용을 한 예로 들어 보자.
아프리카에서 오랫동안 야생 침팬지들의 행동과 생태를
연구해 온 제인 구달 박사는 침팬지들이 흰개미 굴에 긴
나뭇가지를 집어넣어 그걸 흰개미들이 물면 도로 꺼내어
잡아먹는 것을 관찰했다. 더욱 놀라운 사실은 석기시대
우리 조상들이 처음에는 그저 뾰족한 돌들을 찾아서
사용하다가 나중에는 그들을 갈고 쪼아 더 날카롭게
만들어 썼던 것처럼 침팬지들도 적당한 나뭇가지를 찾은
후 그것이 흰개미 굴속으로 깊숙이 들어갈 수 있도록
각도를 맞추어 구부리거나 잔가지들을 치기도 한다는

　　　　　다르면 다를수록

것이다. 그들 역시 도구를 만든다.

　　　　도구의 사용이 인류 문명사에 끼친 영향은
우리가 잘 알고 있지만 도구는 결코 인간의 전유물이
아니다. 최근 30여 년 동안 동물행동학자들에 의해 관찰된
동물들의 도구 사용 예는 우리의 사촌뻘인 침팬지로부터
작은 무척추동물에 이르기까지 매우 다양하다. 이집트
지방에 사는 대머리독수리는 껍데기가 두꺼운 타조
알을 깨기 위해 큰 돌을 부리로 들어 올려 떨어뜨리며,
딱따구리가 없는 남미 갈라파고스 섬의 방울새들은 선인장
가시를 꺾어다 나무 구멍 속에 사는 벌레들을 꺼내 먹는다.
심지어는 하찮은 개미들도 새들의 깃털을 이용하여 물을
길어 나르곤 한다. 인간의 지능을 측정할 때 사용하는 자를
가지고 동물의 지능을 가늠할 수는 없으나 그들이 전혀
생각 없이 행동하는 것이 아님은 분명하다.

　　　　미끼를 사용하여 먹이를 낚는 동물 강태공들도
있다. 이웃 나라 일본의 조류학자들이 관찰한 일이다.
공원 연못가에 사는 왜가리가 그곳을 찾는 사람들이
빵 부스러기나 비스킷 조각을 물에 던지면 물고기들이
모여드는 것을 관찰하곤 자기도 사람들이 남기고 간 음식
찌꺼기를 부리로 물어다 물에 던져 그걸 먹으러 모여든
물고기를 잡아먹더라는 것이다. 아주 최근에는 가짜

미끼까지 사용하는 지혜를 보인다고 한다.

일찍이 그리스 사상가 아리스토텔레스Aristoteles는 인간을 사회적 동물이라 규정했다. 인간은 각자 혼자 살며 오로지 자기 이익만을 추구하는 것이 아니라 사회라는 공동체 안에서 질서를 유지하고 서로 협동하며 살아가는 이성적 존재라는 뜻인 것 같다. 사회적 동물인 우리 인간이 이 지구상에서 가장 우세한 종임은 말할 나위가 없으나, 인간을 제외한 다른 사회적 동물들도 무척이나 성공적임은 괄목할 만하다. 남미 아마존 유역의 열대림 속에 살고 있는 모든 동물들을 거대한 저울 위에 올려 그 무게를 잰다고 가정했을 때 개미와 흰개미가 전체 동물 중량의 3분의 1을 차지할 것이라는 연구 보고가 있다. 각 개체로 보면 너무나 보잘것없는 존재들이지만 워낙 수적으로 탁월한 동물들이라 다 합치면 표범이나 맥tapir같은 큰 짐승들보다도 더 무거운 것이다.

특히 개미, 흰개미 그리고 벌 등 사회성 곤충들의 사회는 인간 사회보다도 훨씬 더 질서 정연하고 효율 면으로도 월등함을 알 수 있다. 물론 그들의 사회에도 개체 간의 이해상반으로 벌어지는 암투가 없는 것은 아니나, 사회 전체의 이익을 위해 협동하는 그들의 자기희생은 우리와 비할 바가 아니다. 경제적인

능력만 있으면 누구나 법적, 사회적인 제약을 받지 않고
자식을 가질 수 있는 인간 사회와는 달리 사회적 곤충의
사회에서는 가장 생식력이 뛰어난 여왕 혼자서만 알을
낳고 나머지 다른 모든 암컷들은 여왕을 위해 평생 목숨
바쳐 일한다.

　　　진화학적으로 보면 자기 번식을 포기하는
것보다 더 큰 희생은 없다. 생물이 무생물과 다른
근본적인 차이점이 자기 증식일진대, 자기의 유전자를
후세에 남기지 못한다는 것은 진화학적인 측면에서 볼 때
사실상 죽음과 다를 바가 없다. 동물행동학자들은 이러한
사회적 곤충들의 사회를 진사회성 eusocial 사회라 부른다.
사회구조의 발달 면에서 보면 인간 사회보다도 더 진화한
사회라 할 수 있다.

　　　지금 우리 인류는 전례 없이 심각한 환경 위기에
놓여 있다. 지구에 생명체가 나타난 이래 몇 차례 벌어졌던
그 어느 절멸 사건보다도 본질적으로 훨씬 더 위협적인
멸종의 벼랑에 서 있다. 우리가 만일 계속 지금과 같은
속도로 환경을 파괴해 간다면 2000년대에는 하루에
100여 종씩 멸종할 것이라고 본다. 창세기 1장 28절에
보면, "땅을 정복하라, 바다의 고기와 공중의 새와 땅에
움직이는 모든 생물을 다스리라" 하였다. 하느님께서

우리에게 "생육하고 번성하여 땅에 충만하라" 이르실 때 이렇게까지 땅을 파괴하며 다스리라고 하신 것은 아니리라 믿는다.

상쾌해야 할 아침에 받아 든 일간신문의 지면을 통해서나 하루 종일 일에 지친 몸과 마음을 달래려 마주 앉은 텔레비전 화면을 통해서 터진 봇물처럼 쏟아지는 온갖 모습의 우리네 사는 이야기들, 어쩌면 이다지도 몰인정하고 잔인할 수 있을까? 인성의 고귀함이 사라진 것은 말할 나위도 없고 생명의 존엄성마저도 땅에 떨어져 이젠 아예 땅속으로 묻혀 버린 듯싶다.

날카로운 송곳니를 드러내고 으르렁거리는 맹수들의 싸움, 등골이 오싹해지고 식은땀이 흐를 지경이지만 그들 간의 싸움이 죽음에까지 이르는 예는 좀처럼 찾아볼 수 없다. 한참 서로 으르렁거리다 약자가 먼저 스스로 물러서거나 설사 싸움이 벌어진다 해도 부상을 당하는 일은 있지만 그 다친 상대를 끝까지 악착같이 물어뜯어 죽이는 예는 거의 없다. 온갖 형태의 끔찍한 무기들을 가지고 심지어 대량 학살도 서슴지 않는 동물은 인간을 제외하곤 없는 듯하다.

인간은 과연 어떤 존재인가? 늘 사고하며 살아가는 유일한 동물도 아니며, 가장 이성적이고 효율적인

사회를 구성하고 사는 것도 아니고, 또 하느님으로부터
만물의 영장의 책임을 부여받을 자격이 있는 것도 아닌
듯싶다. 그렇다면 과연 인간의 본성은 무엇인가?

다윈을 아직도 자연선택론으로 진화적 현상을
설명하려 했던 영국의 한 생물학자로만 알고 있는
이들이 많으리라 생각한다. 하지만 그가 사상가로서
우리 현대인들의 의식구조에 얼마나 큰 영향을 미치고
있는가를 아는 사람들은 그리 많지 않으리라.
그의 자연선택론의 의의 중 가장 중요한 것은 바로
인간을 모든 다른 생물체들로부터 분리시키는
이른바 이원론dualism에 바탕을 둔 인본주의의 허구와
오만으로부터 우리를 구원해 주었다는 점이다. 인간과
원숭이가 그 옛날 공동 조상을 지녔다는 사실만큼
우리를 겸허하게 만드는 일은 또 없을 것 같다. 인간이
참으로 특별난 종임에는 틀림이 없으나, 인간도 엄연히
이 자연계의 한 구성원이며 진화의 역사를 가진 한 종의
동물에 불과하다는 사실 역시 틀림이 없다.

이 글을 쓰기 시작할 때 글의 제목을 "자연 앞에
겸허한 자세로"라고 붙였었다. 그러다가 글을 써 나가던
도중에 "자연 속에 겸허한 자세로"라고 바꿨다. 인간이
무엇이기에 감히 자연 앞에 건방지게 설 수 있겠는가?

다르면 다를수록

그 말 또한 인간과 자연을 분리시켜 놓고 보는 이원론이 아닌가? "드디어 적을 찾았다. 그런데 그는 바로 우리 자신이었다"라는 표현처럼 겸허한 자세로 자연 속에 다시 서야 할 때가 온 것 같다.

특별하다

파괴당하지
않을 권리

인류의 역사를 돌이켜 보면 어떤 한 사람의 새로운
발견이나 기발한 고안이 사회 전체의 생활양식을 변화시킨
사례들을 흔히 볼 수 있다. 어느 한 집단에 속해 있는
사람들끼리만 지키던 풍습이 다른 집단으로 전파되어
그곳의 풍습으로 자리 잡기도 한다. 최근에는 정보 통신
기술의 발달로 전 세계가 하나의 문화권으로 묶여 가는
느낌이다. 벨Alexander Graham Bell이 전화를 발명한 이후
변화된 우리의 삶을 보라. 며칠씩, 아니 때론 몇 달씩
걸리는 편지를 이용해야만 겨우 의사소통을 할 수 있었던
때가 그리 먼 옛날이 아니다.

동물 세계에도 문화가 있고 새롭게 형성된 문화 중 어떤 것들은 성공적으로 다음 세대에 전달된다. 1953년 이웃 나라 일본 고시마 섬에 서식하는 짧은꼬리원숭이 집단에서 발생한 일이다. 어느 날 공원 관리인이 원숭이들에게 주려고 고구마를 한 바구니 들고 가다 실수로 모두 모래사장에 쏟았다. 원숭이들은 배가 고픈 나머지 각자 고구마를 하나씩 들고 먹기 시작했으나 입속 가득 씹히는 모래 때문에 어쩔 줄을 몰라 했다. 이때 '이모Imo'라는 이름 을 가진 두 살배기 소녀 원숭이가 그 모래투성이 고구마를 물가로 가져가 씻어 먹더라는 것이었다. 일본 영장류학자들의 관찰에 의하면 그 후 그 원숭이 집단에는 고구마는 물론 다른 음식도 모래가 묻으면 씻어 먹는 풍습이 생겼다고 한다.

그로부터 몇 년 후 이모는 또다시 기발한 방법을 고안해 냈다. 이번에는 공원 관리인이 모래 바닥에 쌀을 엎질렀는데 이모는 또 침착하게 그 엎질러진 쌀을 모래와 함께 한 움큼 떠서 물로 가져가 뿌렸다. 그러더니 모래가 물속으로 가라앉은 후 물 위에 뜬 쌀을 손으로 모아 건져 먹는 것이 아닌가! 다른 원숭이들이 이모가 개발해 낸 이 기발한 방법을 배웠고, 그 후론 그 동네에 사는 원숭이들은 모두 쌀을 걸러 먹을 줄 알게 되었다고

다르면 다를수록

한다. 이 같은 생활의 지혜는 어머니로부터 자식들에게 전수되어 세대를 거듭하며 전해지고 있다. 한 위대한 선각자 덕분에 이들에게 새로운 문화가 창출된 것이다.

아프리카에 사는 침팬지들에게는 언제부턴가 이른바 '이파리 뜯기' 풍습이 확산되기 시작했다. 나뭇가지에서 이파리를 소리 내어 뜯어내는 이 행동은 무서운 속도로 침팬지 사회에 퍼져 나갔다. 그런데 이 행동은 집단에 따라 서로 다른 기능을 갖게 되었다. 탄자니아의 마할리 침팬지들은 이 행동을 구애 행위의 일부로 발전시킨 데 비해, 기니의 보수Bossou 지방에 사는 침팬지들은 기분이 상했거나 불만에 가득 찼을 때 이러한 행동을 보인다. 똑같은 행동이 서로 다른 문화권에서 상이한 용도로 쓰이는 예는 우리 인간 사회에서도 종종 발견된다.

나는 어렸을 때 영화 〈타잔Tarzan〉을 무척이나 좋아했다. 항상 아름다운 새들이 지저귀고 온갖 기기묘묘한 동물들이 뛰노는 깊은 정글 속 커다란 나무 위에 꿈 같은 통나무집을 짓고 사는 그 털 없는 원숭이가 나는 무척 부러웠다. 무더운 한낮이면 야자수 우거진 그늘 밑의 호수에서 수영을 즐기고, 출출해지면 길섶에 주렁주렁 열린 바나나를 따 먹을 수 있는 그곳. 어린

나에겐 천국이 있다면 아마도 저런 곳이려니 싶었다.

미국 유학 시절인 1984년 여름, 나는 꿈에도
그리던 타잔의 나라에 가게 되었다. 중미 코스타리카의
어느 정글에 도착한 이튿날 온갖 신기한 곤충들을 따라
혼자서 숲속을 헤매던 중 갑자기 머리 위에서 와자지껄
떠드는 소리가 요란하게 들려 올려다보니 저만치 나뭇가지
위에 원숭이 한 무리가 앉아 날 내려다보고 있는 게 아닌가.
흰 얼굴을 가진 꼬리감기원숭이 가족이 모여 앉아 뭐라고
자기들끼리 떠들고 있었다.

동물원의 철책 사이로만 보던 원숭이들을 실제로
숲속에서 만났다는 흥분에 나는 두근거리는 가슴을 조이며
오랫동안 그들을 올려다보고 서 있었다. 얼마 후 그들도
말을 멈춘 채 자기들을 올려다보는 기이한 영장류를 조용히
내려다보기 시작했다. 우린 상당히 오랫동안 그렇게
서로를 바라보았다. 물론 나는 동물행동학자로서 그들의
행동을 관찰하고 있었지만, 어느 순간 문득 그들도 나를
유심히 관찰하고 있다는 사실을 깨달았다. 내가 그들을
올려다보며 무언가 생각하고 있듯이 그들의 눈망울도 나를
내려다보며 무언가 깊은 생각에 빠져 있는 것 같았다. 나는
지금도 눈을 감으면 무언가를 생각하던 그들의 눈동자들이
그림처럼 뚜렷하게 떠오른다.

그런 영장류들이 사라지고 있다. 그들의
서식지를 우리가 파괴하고 있기 때문에 하나둘씩 우리
곁을 떠나고 있다. 인류 역사의 비밀을 미처 우리에게 풀어
보이지도 못한 채 그들의 눈이 감기고 있다. 네덜란드의
아넴에 있는 부르거스 동물원Burgers Zoo처럼 수로로
둘러싸인 섬을 만들고 그곳에 침팬지들을 풀어놓으면
침팬지의 삶을 볼 수 있는 우리에게도, 안전하게 가족을
이룰 수 있는 침팬지에게도 좋은 일이 아닐까?

침팬지와 인간의 엇갈림

이제는 고전이 돼 버린 영화 〈캐스트 어웨이Cast Away〉를 기억하는가? 비행기가 추락하여 무인도에서 여러 해를 지내게 되는 한 남자의 이야기를 그리고 있다. 영화에는 배가 고프던 차에 코코넛을 발견하곤 그걸 쪼개 먹으려는 남자의 피나는 노력이 묘사된다. 처음에는 코코넛을 바위 위에 올려놓고 큼직한 돌로 내리쳐 깨 보려 하지만 여의치 않았다. 아무리 두들겨도 깨지지 않자 화를 이기지 못한 남자는 돌을 벼랑에 던져 버린다. 그러자 돌은 여러 조각으로 깨지고 남자는 이내 그중 특별히 날카로운 돌을 사용하여 코코넛 껍질을 벗기는 데 성공한다.

인류 문명의 역사를 우리는 흔히 석기, 청동기, 철기 등 도구의 재료를 기준으로 나눈다. 이 중 인류 역사의 99.9퍼센트를 차지하는 석기시대는 도구로 쓰기에 적합한 돌을 줍거나 돌감을 깨뜨려 이른바 '뗀석기'를 만들어 사용하던 구석기시대와 그보다 훨씬 정교한 '간석기'를 만들어 사용하던 신석기시대로 나뉜다. 〈캐스트 어웨이〉의 주인공은 이른바 '던져 떼기'의 방법을 사용하여 도구를 만든 것이다.

이처럼 선사시대의 역사를 도구의 재료와 제작 방법에 따라 구분하는 것은 다분히 편의에 따른 감이 없지 않지만, 한편으로는 도구의 발명이 인류 문명의 발전에 절대적으로 중요했음을 의미한다. 그래서 오랫동안 고고학자들은 도구의 사용이 인간을 다른 동물들로부터 분리시켜 주는 결정적인 단서라고 믿었다. 그러나 도구는 결코 인간의 전유물이 아니다. 새의 깃털에 물을 적셔 나르는 개미에서 영장류에 이르기까지 도구를 사용하는 동물의 예는 헤아릴 수 없이 많이 관찰되었다.

동물들도 도구를 사용한다는 첫 증거는 제인 구달 박사에 의해 발견되었다. 1960년 이렇다 할 동물행동학의 기초 지식도 없이 겨우 스물여섯의 나이에 아프리카로 가서 야생 침팬지들을 연구하기 시작한 구달

다르면 다를수록

박사가 올린 첫 연구 개가였다. 침팬지가 나뭇가지를 조심스레 흰개미 굴속으로 집어넣어 흰 개미들이 그걸 물면 끄집어내 훑어 먹는 것을 처음으로 관찰한 것이다.

그로부터 약 10여 년 후 구달의 발자취를 따라 서아프리카에서 장기적인 침팬지 연구를 시작한 이들은 다름 아닌 이웃 나라 일본의 영장류학자들이었다. 동아프리카의 침팬지들과 달리 일본 학자들이 본 서부의 침팬지들은 돌을 모루와 망치로 사용하여 식물의 견과를 깨 먹고 있었다. 비교적 평평한 표면을 가진 커다란 돌 위에 야자수 견과를 올려놓고 다른 돌로 내리쳐 깨 먹는 것이었다. 신기하게도 구달이 관찰한 동아프리카의 침팬지들은 지금도 돌을 도구로 사용하는 방법을 터득하지 못하고 있다. 그들 주변에도 견과와 그를 깰 수 있을 만한 돌들은 흐드러지게 많은데도 말이다.

침팬지들은 먼 곳에서 놀다가도 특별한 각도로 굽어 있는 나뭇가지를 발견하면 그걸 들고 며칠 전에 쑤시던 흰개미 굴을 찾는다. 자기가 즐겨 낚시를 하는 흰개미 굴의 내부 구조를 기억하고 그에 적합한 도구를 찾는 것이다. 하지만 침팬지는 이처럼 자연 발생적인 도구만을 사용하는 것이 아니다. 물론 처음부터 적합한 나뭇가지를 찾으려 노력하지만 그 도구가 용도에 완벽하게

맞지 않을 경우에는 적절히 구부리기도 하고 잔가지들을 치기도 하며 변형하여 사용한다. 인류 문명의 발달 단계에 비춰 볼 때 침팬지의 문명은 신석기시대에는 못 미쳐도 구석기시대의 흉내는 어느 정도 내는 셈이다.

돌 도구를 사용하는 침팬지들도 제작 단계에 도달했다. 큰 돌을 깨서 보다 효율적인 망치를 만들어 쓴다. 그뿐 아니라 모루에 올려놓은 견과가 자꾸 한쪽으로 굴러 떨어지면 침팬지들은 모루로 쓰는 돌 밑에 쐐기 모양의 돌을 받쳐 평형을 이루게 한다. 초보적인 수준의 기계 조립이라고 보아도 좋을 듯싶다. 견과를 깨기 위하여 동시에 두 개의 도구를 사용하는 것도 대단한데 도구의 효율을 높이기 위해 부차적인 도구를 쓸 수 있다는 사실은 침팬지의 인지 능력이 상당한 수준에 달했음을 의미한다.

침팬지의 사고력에 대한 연구는 독일의 행동학자 볼프강 쾰러Wolfgang Köhler의 실험에서 시작되었다. 그는 침팬지가 높이뛰기를 해도 닿을 수 없는 높이에 바나나를 매단 후 과연 침팬지가 어떻게 그 바나나를 손에 쥐는지를 관찰했다. 침팬지는 그리 어렵지 않게 방구석에 있는 장대를 사용하여 바나나를 떨어뜨렸다. 그러나 바나나가 장대로도 닿을 수 없을 만큼 높은 곳에 매달리자 이번에는 상자들을 몇 개씩

포갠 후 그 위에 올라가 장대를 사용하여 바나나를 따 먹었다. 이것저것 닥치는 대로 해 보는 것이 아니라 먼저 머릿속으로 자신의 계획을 실험해 본 후에 행동에 옮긴 것이다.

침팬지에게 여러 가지 모양과 크기의 열쇠들을 주고 닫힌 자물통을 열도록 하는 실험을 하면, 물론 아무 열쇠나 마구잡이로 쑤셔 보는 침팬지들도 있지만 때론 자물통의 열쇠 구멍을 들여다보고 알맞은 열쇠를 골라 시도하는 침팬지들이 있다. 침팬지에게 미로에서 목표 지점을 찾게 하는 실험을 해 봐도 비슷한 결과를 얻는다. 많은 침팬지들이 미로를 내려다보며 우선 머릿속으로 문제를 푼 후 실시한다.

하지만 침팬지의 도구 제작은 구석기시대를 넘지 못했다. 물론 전반적인 지능이 인간에 비할 바가 아니었겠지만 신체 구조적인 차이도 한몫을 했다. 침팬지의 손은 지문도 있고 손금도 있어 인간의 손과 많은 면에서 매우 흡사하지만 한 가지 결정적인 차이를 지닌다. 침팬지의 엄지는 인간의 엄지와 달라 나머지 네 손가락들과 마주 보지 않는다. 엄지손가락이 비틀어질 때 다른 손가락들과 마주 보게 된 사건은 인류 진화사에서 엄청난 혁명이었다.

엄지와 다른 손가락들의 맞붙임 구조는
인간으로 하여금 두 발로 걸을 수 있게 만들었고 정교한
도구를 제작할 수 있게 해 주었다. 그리고 이는 거의
의심의 여지없이 되먹임 과정을 통해 인간 두뇌의 진화에
기여했을 것이다. 그래서 엄지는 흔히 '신의 축복'이라
불린다. 침팬지와 우리의 DNA는 불과 1퍼센트 남짓 다를
뿐이다. 하지만 그 1퍼센트의 차이 속에는 지금으로부터
약 600만 년 전 우리 인류의 조상과 침팬지의 조상이 각기
서로 다른 진화의 길로 들어서며 서로에게 흔들어 주던 두
손의 운명이 엇갈려 있다.

다르면 다를수록

놈팡이
개미의 역설

남이 내 담벼락에 차를 세우면 그 땅마저도 내가 돈을
주고 산 것처럼 날뛰던 사람이 쌓인 눈이 얼어붙어
이웃 사람들과 차들이 엉금엉금 기는 모습에는 눈 하나
꿈쩍하지 않는다. 어디 그뿐이랴. 있지도 않은 권리를
주장하며 한껏 높였던 언성은 또다시 "그게 어디 내 땅이냐,
공동의 땅이지"라는 변명과 함께 수그러들 줄 모른다.
공동체 의식에 심각한 문제가 있음이 여실히 드러난다.
　　　그러고 보면 우리 사회를 아수라장으로
몰아넣기는 누워서 떡 먹기일 것 같다는 생각이 든다.
조금만 흔들면 그나마 어렵게 섰던 줄도 순식간에

아귀다툼으로 무너지기 십상이다. 조금만 허술한 구석을 보이면 누군가가 어김없이 틈을 비집고 들어온다. 마치 모두가 한 치 앞의 이익만을 위해 두리번거리며 사는 것 같다.

동물들 중 가장 부지런한 동물이 누구냐 물으면 대부분의 사람들은 개미라고 답할 것이다. '개미와 베짱이'의 우화가 아니더라도 개미보다 더 바빠 보이는 동물을 찾기란 쉽지 않다. 그러나 그 부지런함이 그리 좋게만 느껴지지는 않는다. 그저 눈앞에 떨어진 일을 해내기 바쁜 것처럼 보이는 탓이다. 장래를 설계할 시간도 없이 말이다.

그러나 사실 개미처럼 위선적인 동물도 별로 없다. 우리 눈에 띄는 땅 위의 개미들은 한결같이 성실하게 일하는 이미지를 유지하고 있지만, 저 땅 밑의 개미들은 거의 대부분 눈썹 하나 움직이지 않고 놀고먹기 때문이다. 실제로 개미 군락의 노동 활동을 관찰해 보면 일을 하는 개미는 전체의 3분의 1을 넘지 않는다. 누구는 죽어라 일하는데 누구는 가만히 앉아 놀고먹는 개미 사회는 언뜻 보기에 불공평하기 짝이 없어 보인다. 폭동이 일어나지 않는 것이 신기할 정도다.

하지만 이들 놈팡이 개미들은 사실 놀고먹는

다르면 다를수록

것이 아니다. 만일의 경우에 대비하는 이른바 '대기조'
대원들이다. 이를테면 우리 사회의 소방대원들과도 같다.
얼핏 빈둥거리고 있는 것처럼 보이는 소방대원들은 사실
언제 발생할지 모르는 화재에 대비하여 늘 긴장 상태로
대기하는 것이다. 우리 사회가 기껏해야 소방대원을
비롯한 몇몇 직업인들에게만 '빈둥거릴' 자격을 부여하는
데 비해 개미 사회는 그들이 가진 잠재 노동력의 무려
3분의 2를 위기관리에 투자하고 있다. 개미들이 1억 년
가까이 다듬어 온 생활의 지혜다. 결코 우습게 넘길 일이
아닐 듯싶다.

　　　아무도 우리 민족을 가리켜 게으르다
손가락질하지 않는다. OECD 국가 중 가장 많은 시간을
노동에 투자하기 때문이다. 그런데 결과는 어떤가. 죽도록
일하여 이젠 살 만하다 싶으면 돌부리에 걸려 넘어지기
일쑤다. 실물경제의 몰락이 아니라 외환 위기에 몰려
IMF에 무릎을 꿇지 않았던가. 이를 악물고 일하여 그
그늘을 벗어날 만하니 또 다른 위기가 우리를 엄습한다.
위기는 늘 우리를 넘볼 것이고 우리의 칠전팔기는
앞으로도 오랫동안 반복될 것이다. 머리를 쓰며 달리면
가끔 쉬어 갈 수도 있으련만.

　　　우리가 그처럼 가슴 설레게 즐기는 섹스 역시

위기관리를 위해 진화한 적응 현상이라면 믿겠는가.
자손을 불리는 방법으로는 무성생식이 유성생식에 비해
절대적으로 유리하다. 구태여 암수를 만들 필요 없이
암컷만 낳으면 훨씬 많은 자손을 얻을 수 있다. 그런데 왜
지구상의 많은 생물들은 다 암수가 있어 섹스를 즐기도록
진화했을까? 무성생식을 하는 생물들은 모두 유전적으로
다양한 자손을 낳을 수 없기 때문에 단기적인 성공은
거둘지 모르지만 결국 위기를 제대로 극복하지 못해
절멸하고 만다.

　　　진정한 의미의 선진 국가가 되려면 위기관리
능력을 갖춰야 한다. 성숙한 시민 의식이 함양되어야
하고 위기 상황에도 지나치게 흔들리지 않는 사회구조를
확립해야 한다. 의식 구조와 정책 수립 모두에 여유의
아름다움이 필요하다. 약간의 여유가 장기적인 안목으로
볼 때 결코 손해나는 일이 아니라는 걸 이젠 알 만한 나이가
되었을 법도 한데 말이다.

저마다 다른 성

중년의 문턱에 들어서는 여배우의 나체 사진집이나
연예인의 정사 장면이 들어 있다는 비디오 등 인간
사회에서는 '성'에 관련된 가십이 넘쳐 나지만, 이런 것들은
침팬지나 고릴라 사회에서는 전혀 뉴스거리가 되지 않을
일들이다. 발정기의 침팬지 암컷들은 환한 대낮에 모두가
지켜보는 가운데 대여섯 마리의 수컷들과 차례로 성관계를
갖기 일쑤다. 단칸방에서 아이들이 다 잠든 후에야 숨을
죽이며 섹스를 즐길 수 있는 부부에게, 엄마와 짝짓기를
하고 있는 수컷에게 키스를 하는 꼬마 침팬지의 모습은
그저 신기할 따름이다.

성에 관한 한 우리 인간은 다른 영장류와
무척 다르다. 영장류 중 유일하게 은밀한 섹스를
즐기는 것 외에도 특이한 성징性徵을 많이 지닌다. 일명
피그미침팬지라고 불리는 보노보bonobo는 영장류 중 인간
다음으로 풍만한 젖가슴을 가지고 있다. 그러나 인간
여성의 솟아오른 젖가슴에 비할 바는 아니다. 첫 임신을
하기도 전에 이미 큰 젖가슴부터 갖게 되는 영장류는
인간밖에 없다.

특별히 정해진 발정기가 따로 없다는 점도
특이하다. 인간을 제외한 다른 영장류의 암컷들은 자신의
임신 가능성을 온 세상에 광고하며 수컷들을 초대한다.
분홍빛을 띠며 한껏 부풀어 오른 체외 생식기를 요염하게
흔들며 '암내'를 풍기는 암컷의 뒤를 수컷들이 줄줄
따라다니는 모습은 영장류 사회의 전형적인 풍습이다.

하지만 인간의 경우에는 여자들마저도 자신의
배란기를 알지 못한다. 실제로 이 같은 인간의 은밀한
배란의 비밀이 과학적으로 밝혀진 것은 지금으로부터
불과 90여 년 전의 일이다. 1930년대 이전에는 의사들도
인간은 아무 때나 임신이 가능하며 심지어는 생리 중일 때
가장 임신하기 쉽다고 믿었다 한다. 생식생리학의 발달로
이제는 대부분의 사람들이 생리와 생리의 한가운데, 즉

생리일로부터 약 2주일이 되는 날 배란한다는 사실을 잘
알고 있지만 석기시대 부부가 이런 과학적 지식을 갖고
있었던 것은 아닌 듯싶다.

이런 점에서 볼 때 우리 사회의 결혼 제도는 원래
남자들이 원해서 시작된 풍습일 것이라는 생각을 지울 수
없다. 만일 인간의 배란이 은밀하지 않다면 남편은 아내가
배란할 때에만 성관계를 가지면 된다. 따라서 아내가
배란하지 않을 때에는 안심하고 다른 여자들을 유혹하려
집을 비울 것이다. 배란기를 모르는 상황에서 남성이 취할
수 있는 가장 확실하고 효과적인 생식 전략은 바로 한
여인과 함께 살며 자주 섹스를 하는 것이다. 그래서 그 옛날
우리 할아버지들은 결혼이라는 제도를 만들어 최소한 한
여자라도 집에 묶어 두려 했으리라.

결혼 제도가 있다고 해서 인간이 일부일처제를
따르는 동물이라는 뜻은 아니다. 미국과 영국의 병원에서
태어나는 신생아들의 혈액형을 조사해 보았더니 심할
경우 30퍼센트의 아기들이 혼외정사에 의해 태어난다는
보고가 있다. 그래서 미국의 많은 주에서는 신생아의
혈액형을 부모에게 알려 주지 않는다. 허구한 날 병원에서
부부 싸움이 벌어지는 것을 원하지 않기 때문일 것이다.
미국에서 자식을 낳은 우리 부부도 아들이 여섯 살이

되어서야 혈액형을 알게 되었다.

현대 문명사회에서는 법으로 일부일처제를
채택하고 있지만 인간은 어쩔 수 없이 다른 포유류와
마찬가지로 일부다처제의 성향을 지닌다. 하지만
인간과 가장 가까운 동물들인 유인원 중에서 보더라도
인간이 일부다처제의 성향을 가장 크게 지닌 동물은
아니다. 긴팔원숭이는 거의 완벽하게 일부일처제를
유지하며 산다. 셋 내지 여섯의 암컷을 거느리고 사는
고릴라 수컷들이 가장 전형적인 일부다처제 유인원이다.
오랑우탄 암컷은 발정기 때 한 수컷과 교미한 후
그 자식을 혼자 키운다. 다음 아이를 밸 때 반드시 같은
수컷을 만난다는 보장이 없으므로 평생을 놓고 볼 때
일종의 다부다처제가 되는 셈이다.

일부다처제의 동물들은 암컷에 비해 수컷의
몸집이 크다. 긴팔원숭이는 암컷과 수컷을 구별하기
힘들지만 고릴라 수컷은 암컷의 거의 두 배다. 인간의 경우
성인 남성은 여성보다 키는 약 8퍼센트가 크고 체중은
20퍼센트 더 무겁다. 유인원 수컷들 중 정소精巣가 가장
큰 것은 누구일까? 가장 몸집이 우람한 고릴라일 것이라고
생각하는 이들이 많겠지만 사실 그들은 몸집에 비해
유인원 중 가장 작은 정소를 가지고 있다. 그보다 그저

약간 큰 정소를 가진 것이 오랑우탄 수컷이다. 몸집에 비해 가장 비대한 정소를 가진 유인원들은 침팬지와 보노보이고 인간은 다섯 중 한가운데에 있다.

일부다처제를 따르는 동물들의 경우 몇 안 되는 수컷들이 대부분의 암컷들을 차지하기 때문에 몸집이 큰 만큼 유리하지만 일단 확보한 암컷들이 발정기에 들기 전에는 성관계를 갖지 않기 때문에 그리 큰 정소가 필요 없다. 고릴라 수컷은 운이 좋아야 1년에 그저 몇 번 부인들과 잠자리를 같이할 뿐이다. 하지만 침팬지는 거의 매일, 그리고 보노보는 하루에도 몇 번씩 섹스를 즐긴다.

얼마 전 홍콩에서 출간된 인간 성행위에 대한 책에 따르면 세계에서 가장 섹스를 좋아하는 사람들은 미국 사람들로 1년에 138회의 성관계를 갖는다고 한다. 거의 이틀에 한 번꼴이니 침팬지나 보노보에 비하면 좀 적은 편이다. 흔히 인간을 가리켜 '제3의 침팬지'라 부르지만 1년에 평균 57회의 성관계를 즐기는 홍콩인들을 선두로 그보다 훨씬 뜸하게 잠자리를 갖는 동양인들은 침팬지나 보노보에 비하면 수도승에 가깝다. 그래서 그런지 침팬지들은 불과 45킬로그램밖에 되지 않는 몸집에 110그램에 달하는 정소를 자랑한다. 인간 정소의 무게는 평균 45.5그램에 지나지 않는다.

그러나 페니스의 길이에서 인간에 대적할 유인원은 없다. 발기 상태의 페니스 길이가 고릴라 수컷이 3.2센티미터, 침팬지가 7.6센티미터인 것에 비하면 평균 12.7센티미터에 달하는 인간 남성의 페니스는 경이로운 수준이다. 페니스의 길이와 기능 간에는 이렇다 할 상관관계가 없는 것 같은데 도대체 인간은 왜 이렇게 긴 페니스를 갖고 있으며 또 수술까지 하며 그 길이를 늘이려 하는지 알다가도 모를 일이다.

암컷의 특권

번식에 관해서는, 성에 관한 결정권은 거의 예외 없이
암컷에게 있다. 주식회사의 경우 투자를 가장 많이 한
최대 주주가 최종 결정권을 쥐는 것처럼, 암수 사이에서도
암컷의 투자가 대부분의 경우 수컷의 투자보다 크기
때문에 성은 어차피 암컷의 특권이다.

　　　　수정을 하기 위해 난자를 파고드는 정자를
전자현미경으로 촬영해 보면 마치 달 표면에 내려앉는
우주선과도 같다. 이 세상에 정자만큼 경제적으로 만들어진
기계는 또 없을 것이다. 수컷의 DNA에 꼬리만 하나 달아
준 것이 바로 정자다. 거기에 꼬리를 움직일 수 있도록

　　　다르면 다를수록

이른바 에너지 제조 공장인 미토콘드리아mitochondria라는 세포소기관들을 몇 개 목 부위에 끼워 넣은 것이 고작이다. 그야말로 덜덜거리는 모터사이클 퀵서비스에 유전물질을 태워 보내는 격이다.

그에 비하면 난자는 암컷의 DNA 외에도 수정란의 초기 발생에 필요한 모든 영양분을 고루 갖추고 있다. 수정 외의 번식 과정에 암컷보다 훨씬 큰 투자를 한다면 모를까 성에 관한 한 수컷은 기본적으로 이래라저래라 할 자격이 없다. 투자는 쥐꼬리만큼 해 놓고 호의를 베풀겠노라 생색을 낼 수는 없지 않은가.

아프리카에는 그곳 사람들을 벌통이 있는 곳으로 안내하여 벌꿀을 수확할 수 있도록 해 주는 새들이 있다. 꿀안내새라 불리는 이 새의 수컷들은 각자 벌통을 하나씩 보호하고 있기 때문에 사람들이 그들의 뒤를 밟아 꿀을 채취하는 것이다. 꿀안내새 수컷이 벌통을 보호하는 진짜 이유는 인간에게 꿀을 제공하기 위해서가 아니라, 암컷이 꿀을 먹으러 찾아오기 때문이다. 암컷은 수컷에게 자기 몸을 허락하고 그 대가로 꿀을 얻어먹는다.

보노보는 성에 대해 무척 개방적이다. 침팬지를 비롯한 거의 대부분의 동물이 번식기에만 성관계를 갖는 반면 보노보는 월경주기 내내 빈번하게 성관계를 가지며,

보노보 암컷은 일생 동안 줄잡아 5500번 성교를 한다. 그중 약 3000번을 첫 임신 전에 하는 것으로 관찰됐다. 그들의 성은 반드시 임신을 전제로 하지 않는다. 보노보들은 열매가 잔뜩 달린 무화과나무를 발견하면 우선 성관계부터 갖는다. 심지어는 서로 잘 모르는 패거리들이 우연히 맞닥뜨렸을 때에도 서로 잠자리부터 같이한다. 암컷들이 성을 이용하여 불필요한 싸움이나 지나친 경쟁을 줄이는 것이다. 어느 동물에서나 이권을 위해 몸을 허락할 수 있는 것은 암컷뿐이다.

남성도 미를 추구한다

요즈음 성형외과를 찾는 남자들이 많아졌다고 한다.
바늘구멍처럼 좁아진 취업의 문을 뚫기 위한 생존경쟁의
새로운 모습이다. 입사 시험에서 면접의 비중이 높아지자
지나치게 광대뼈가 튀어나왔거나 눈꼬리가 사나워 남에게
혐오감을 주거나 범죄형으로 보이는 젊은이들이 병원 문을
두드린다는 것이다. 조기 퇴직 후 뒤늦게 새로운 직장을
찾거나 사업을 시작하려는 중년 남자들도 좀 더 젊게 보이도록
또는 좀 더 부드럽게 보이도록 얼굴을 고친다고 한다.

얼마 전 우리나라에도 왔었던 세계적인 가수
마이클 잭슨이 여러 번 성형수술을 받았다는 것은 잘 알려진

사실이다. 미국 대통령 선거 역사상 최초의 텔레비전 토론에서 닉슨Richard Nixon이 케네디John F. Kennedy에게 패한 원인 중 하나도 화장을 잘못해서였다는 얘기가 있다. 이런 유명인들의 경우를 제외하고는 사실상 성형수술과 화장품은 여성의 전유물이었다.

그러나 자연계를 둘러보면 우리 인간의 경우가 오히려 예외다. 거의 모든 동물들에서 더 화려한 색으로 치장한 것도 수컷이고 노래를 더 잘 부르고 춤도 더 잘 추는 쪽은 모두 수컷이다. 다윈의 성선택론sexual selection에 의하면 번식에 대한 궁극적인 결정권은 여성에게 있으며 그런 여성에게 선택받기 위해서 온갖 노력을 다해야 하는 게 남성이기 때문이다.

물론 면접시험의 경우 심사 위원들이 대개 남자들일 터이니 요사이 성형하는 남자들은 같은 남자들에게 잘 보이려는 경우지만 앞으로 머지않아 남자들이 여자들에게 잘 보이기 위해 수술도 받고 립스틱도 짙게 발라야 할 때가 올지도 모른다. 이제 여자도 남자 못지않은 경제력을 지니는 세상이 올 것이고 돈만 많은 남자보다는 이해심 많고 매력적인 남자가 잘나갈 것이다. 특히 지나친 남아 선호 사상 때문에 아들만 잔뜩 낳은 우리네 부모님들이 그 몇 안 되는 딸들의 선택을 받기 위해 아들의 손목을 잡고 성형외과나 화장품 가게를 찾는 날이 멀지 않은 듯싶다.

가끔 텔레비전에서 성형수술을 얘기하는 프로그램을 보면 여성들은 대부분 화면에 나와 자신이 왜 얼굴이나 몸매를 고치기로 마음먹었는가에 대해 당당하게 밝히는 편인 데 반해 아직도 우리 사회의 남성들은 어딘지 어색한 듯 쭈뼛거린다. 수요는 분명히 있는데 서비스가 따라가지 못하는 것 같다. 남성들이 불편한 마음 없이 비교적 자유롭게 찾을 수 있는 병원이 생기면 그야말로 히트를 칠 것 같은 예감에 주식이라도 있으면 사 보고 싶은 심정이다.

세상은 참 무서운 속도로 변하고 있다. 모든 변화가 다 바람직한 방향으로 이뤄지는 것은 아니겠지만 오랫동안 수컷 위주의 체제를 유지하던 인간 사회가 암컷 주도의 사회로 되돌아가고 있는 모습을 바라보며 자연을 연구하는 나로서는 올 게 왔다는 담담한 느낌이다. 나이가 좀 지긋하신 분들로서는 받아들이기 어려운 변화겠지만 이미 젊은 세대는 상당 부분 온몸 가득히 품고 있다. 지하철 안에서 보면 자리가 하나밖에 없을 때 요즘엔 남자가 먼저 앉는 모습도 가끔 본다. 변화에 언제나 일정한 방향이 있는 건 아닌 것 같다.

거의 20여 년 전쯤의 일인 것 같다. 베이징 오페라단의
유명한 주역 여배우가 알고 보니 남자였다는 뉴스가
세상을 떠들썩하게 한 일이 있었다. 무대 위에서
펼치는 그의 농염한 연기도 그렇거니와 더욱 놀라운
일은 그와 오랜 세월을 함께 살았던 남자마저 그가
여자가 아니라는 사실을 전혀 몰랐다는 것이었다.
정상적인 부부처럼 성관계까지 가졌다면서 어떻게
모를 수 있었느냐는 기자의 질문에 그 남자는 그저
낭패한 표정을 지을 뿐이었다. 이 충격적인 실화는
〈엠. 버터플라이M. Butterfly〉라는 연극으로 창작돼

토니상을 거머쥐는 등 작품성을 인정받고 있다.

동물 세계에도 기막힌 여장 남자들의 얘기들이 심심찮게 전해진다. 요사이 우리나라 하천 생태계를 교란하고 있는 외래종 중에 블루길bluegill이라는 물고기가 있다. 미국에서 건너온 이 물고기의 수컷 대부분은 정상적으로 발육하여 번식기에 이를 때면 암컷에 비해 훨씬 큰 몸집을 지니게 된다. 그러나 개중에는 다 커도 그저 암컷의 몸집과 비슷해지는 수컷들이 있다. 그런데 이들 작은 수컷들은 몸집만 암컷을 닮는 것이 아니라 행동이나 냄새까지 암컷과 비슷해진다.

번식기가 되면 큰 수컷들은 제가끔 자기 영역을 확보하고 알을 낳아 줄 암컷들을 유혹한다. 반면 작은 수컷들은 큰 수컷들의 영역 변방의 풀숲에 숨어 있다가 서로 구애 춤을 추기에 여념이 없는 큰 수컷과 암컷 사이로 슬며시 끼어든다. 몸집은 물론 하는 짓이나 냄새까지 흡사한 여장 남자를 암컷으로 알고 큰 수컷은 열심히 구애 춤을 계속한다. 교활한 작은 수컷은 한편으로는 수컷의 춤에 장단을 맞추며 다른 편으로는 진짜 암컷을 유혹한다. 셋이 그렇게 함께 어우러져 춤을 추다가 드디어 암컷이 알을 낳으면 가운데 끼어 있던 작은 수컷은 잽싸게 자신의 정액을 뿌리곤 쏜살같이 풀숲으로 사라져 버린다.

우리나라에는 올해 이상 기온으로 개구리와
뱀들이 경칩이 되기도 전에 겨울잠에서 깨어나 법석을
떨었다. 캐나다의 동남부와 미국의 동북부 지역에는 봄만
되면 줄무늬뱀들이 수십 마리씩 뒤엉켜 있는 것을 볼 수
있다. 먼저 겨울잠에서 깨어난 줄무늬뱀 수컷들은 암컷이
자고 있는 굴 앞에 모여 있다가 암컷이 나오기가 무섭게
서로 먼저 교미를 하려고 덤벼들어 순식간에 아수라장이
되고 만다.

그런 와중에 종종 암컷과 몸집, 행동, 냄새 등이
비슷한 수컷이 있다. 그의 변장술이 어찌나 훌륭한지 모든
다른 수컷들이 그와 교미하려 앞을 다퉈 경쟁하는 동안
자기가 냉큼 암컷을 차지하는 것이다. 이같이 변칙적인
방법으로 번식을 하는 수컷들은 어느 종에서나 소수에
지나지 않지만 어떻게 한 종 내에 두 종류의 수컷들이
존재할 수 있는지는 동물행동학자들에게 매우 흥미로운
연구 과제다.

다르면 다를수록

화려한 은밀함, 꽃

인생 역정이란 참 알다가도 모를 일이다. 지금은 어쩌다 보니 퍽 알려진 과학자가 되어 껍죽거리지만 나는 사실 과학을 할 사람이 아니었다. 중학교 2학년 때 우연히 참가한 교내 백일장에서 시 부문 장원을 한 다음부터 자타가 공인하는 '문과 영순위'였던 내가 학교 방침 때문에 이과로 배정받은 것은 누가 뭐래도 불합리한 일이었다. 하지만 그 불합리의 결과로 나는 뒤늦게 내가 이 세상에서 밥 먹고 잠자는 일 빼고 제일 하고 싶은 일이 자연과학 내에 있다는 걸 발견할 수 있었다. 산으로 들로 휘돌아다니고 개울물과 바닷물로 뛰어드는 일 말이다.

특별하다

그게 바로 생물학이란 걸 뒤늦게나마 터득한 건 내겐 정말 행운이었다.

　　　지금은 동물행동학에 적을 두며 이 일이 나의 운명 같다고 생각할 정도이지만, 미국 유학 도중 그 운명이 뒤바뀔 뻔했던 사건이 있었다. 펜실베이니아 주립대학에서 석사과정을 거의 마칠 무렵 갓 부임한 젊은 교수님의 '식물번식생물학'이란 수업을 듣게 되었다. 나는 그때까지 기지 않고 날지 않는 것에는 도무지 관심이 없었다. 그 강의도 식물에 관심이 있었다기보다는 그 젊은 교수님에 더 관심이 있어서 택한 것이었다. 그런데 이게 웬일인가. 나는 그만 땅속에 뿌리가 박혀 기지도 날지도 못하는 식물들에게 여지없이 발목을 잡히고 말았다. 사랑하는 이를 만나기 위해 식물들이 고안해 낸 온갖 기막힌 전략들의 현란함에 그만 정신을 잃고 만 것이다. 꽃가루를 옮겨 줄 벌들로 하여금 자기를 알아보게 하고, 자기의 꽃가루를 챙기게 하며, 자기의 모습을 기억하여 비슷하게 생긴 다른 꽃을 찾아가도록 만드는 그 세련미와 영리함에 비하면 맘에 드는 암컷을 발견하곤 성큼성큼 다가가 집적거려야 하는 수컷 동물들의 사랑 유희는 갑자기 너무도 천박스러워 보였다.

　　　이 세상에 꽃을 보고 아름답다 하지 않을

　　　다르면 다를수록

이가 있을까? 물론 꽃이라고 다 아름다운 것은 아니다. 호박꽃도 꽃이냐며 핀잔을 주는 이들이 있지만, 자연에는 호박꽃보다 못한 꽃들이 무수히 많다. 우리가 우리 주변에 심고 감상하는 꽃들이 모두 특별히 아름다운 것들이라서 호박꽃이 상대적으로 푸대접을 받을 뿐이다. 꽃은 도대체 무엇 때문에 그처럼 화려한 색깔과 자태를 뽐내는 것일까? 우리 인간 사회의 연인들을 위해 그 많은 꽃들이 애써 아름다움을 유지하는 것은 분명 아닐 것 같은데.

꽃의 색깔에 얽힌 재미있는 일화가 있다. 콘라트Konrad Lorenz, 틴버겐Nikolaas Tinbergen과 함께 동물행동학의 창시자로 손꼽히는 폰프리시Karl von Frisch 박사가 대학원생 시절에 있었던 일이다. 폰프리시는 꿀벌들이 춤으로 서로 의사소통을 한다는 사실을 처음으로 밝힌 동물행동학자이다. 당시 그는 이미 꿀벌의 춤 언어 연구를 시작한 상태였는데, 어느 날 유명한 시각생리학자 폰헤스Calron von Hess 박사의 「꿀벌은 색맹이다」라는 논문을 읽고 흥분하지 않을 수 없었다. 그렇다면 도대체 무슨 까닭으로 그 많은 꽃들이 그처럼 화려한 색을 띠고 있어야 하는가 반문하며 학계의 대선배에게 정식으로 반박 논문을 제출했다. 폰프리시는 일련의 야외 실험을 통해 지나치게 인위적인 폰헤스의 실험으로는 동물들의 자연적인 행동을

연구할 수 없다는 걸 보여 주었다. 이 사건을 계기로 동물들을 그들의 자연환경에서 관찰하고 실험해야 한다는 것이 근대 동물행동학의 가장 중요한 명제로 떠올랐다.

조지아 오키프Georgia O'Keeffe는 꽃을 유난히 많이 그린 화가로 유명하다. 큰 화폭 가득 꽃 한 송이만 활짝 펼쳐 놓은 그의 그림을 나는 얼굴이 화끈거려 똑바로 쳐다보지 못한다. 그게 만일 동물 그림이었다면 오키프는 영락없는 춘화春畵 작가다. 오키프의 꽃 그림을 보며 여성의 성기를 연상해 본 사람은 분명 내가 처음은 아니리라. 그 노골적인 '여성'의 은밀함, 나는 그의 꽃 그림들이 이 세상에서 가장 '야한' 그림들이라고 생각한다. 오키프가 과연 꽃의 생물학적 의미를 속 깊게 이해하고 그런 그림을 그렸는지는 확실하지 않다.

생물학적으로 볼 때 꽃이란 다름 아닌 식물의 성기다. 식물들은 어쩌다 환한 대낮에 자신들의 성기를 온 세상에 활짝 펼쳐 보이며 사는 걸까? 이유는 너무도 간단하다. 식물들은 스스로 움직여 다니며 사랑을 구할 수 없기 때문이다. 그래서 식물은 그 은밀한 곳을 풀어 헤치고 '날아다니는 음경'을 부른다. 먼발치에서 바라만 보아도 좋을 그 꿈의 연인과 대리 섹스를 해 달라며 날아다니는 음경들에게 고맙다는 보답으로 꿀까지 바친다. 동물의 관점으로 보면 참으로 별난 삶이다.

그러나 그 '별난' 삶은 어디까지나 동물들의 외곬 관점에서 보기 때문에 그런 것이다. '별나다'는 표현은 보편적이지 못하다는 뜻이다. 그러나 식물 입장에서 볼 때 이는 참으로 어처구니없는 일이다. 지구의 생물 집단 중에서 무게로 가장 성공한 집단이 누군데 감히 그런 소리를 하느냐 말이다. 한데 모았을 때 단연코 가장 무게가 많이 나가는 생물 집단은 식물, 그중에서도 꽃을 피우는 식물, 즉 현화식물들이다. 그들은 역시 지구에서 숫자로 가장 성공한 집단인 곤충들과 꽃가루받이를 통한 공생 관계를 맺으며 함께 성공한 존재이다. 이처럼 엄청난 성공을 거둔 집단에게 그보다 못한 생물들이 '별나다'고 부를 수 있을지 의심스럽다. 진화의 역사를 통해 식물들이 개발한 화려한 번식 전략들을 보며 혀를 내두르지 않은 동물은 없을 것이다

언제부터인가 꽃 중의 꽃이 돼 버린 장미 덕에 우리는 꽃이라 하면 대개 붉은색을 떠올린다. 하지만 붉은색은 식물이 그들의 가장 큰 동반자인 곤충을 겨냥 하여 개발한 색은 아니다. 곤충은 원래 붉은색을 보지 못한다. 그래서 곤충의 행동을 연구하는 생물학자들은 붉은 등을 켜 놓고 관찰과 실험을 한다. 붉은 등 아래에서

그들은 전혀 빛을 의식하지 못해 평상시처럼 행동하고, 우리는 그런 그들의 일거수일투족을 지켜볼 수 있다. 우리 인간은 붉은색에서부터 보라색까지 볼 수 있다. 곤충은 붉은색을 보지 못하는 대신 보라색의 바깥에 있는 자외선을 볼 수 있다. 우리와 이른바 가시광선의 범위가 다르다.

붉은색을 띠는 꽃들은 우리와 같은 척추동물을 위한 꽃들이다. 온대 지방에는 그리 흔하지 않지만 열대로 갈수록 꽃가루받이를 전문적으로 하는 새들이 많아진다. 우리나라에는 동백꽃이 주로 새들의 도움으로 꽃가루받이를 한다. 노정래 박사가 선운사 근처의 동백꽃 군락을 관찰한 결과 새들과 함께 다람쥐들도 동백꽃을 드나드는 것으로 밝혀졌다. 미국 대륙에는 꽃가루받이를 전문으로 하는 벌새가 있다. 세상에서 제일 몸집이 작은 새인 벌새는 꽃 앞에서 잠시 머물거나 방향을 바꾸기 쉽게 날갯짓을 거꾸로 할 수도 있도록 진화했다. 미국 사람들은 창가에 꽃 모양의 설탕물 통을 매달고 그를 찾는 벌새들을 감상하길 좋아한다.

꽃가루받이를 하는 척추동물로 새들 못지않게 중요한 동물은 박쥐다. 열대에 서식하는 많은 식물들이 박쥐와 계약을 맺고 산다. 이들은 다른 식물들과 달리 밤에만 꽃문을 연다. 대개 땅을 내려다보고 핀다. 색깔이

없거나 그저 흰색을 띠는 꽃들이다. 어두운 밤에 색깔로
동물을 유인할 방법이 없기 때문이다. 대신 이들은 주로
냄새로 호객 행위를 한다. 우리 인간의 코에는 결코 달갑지
않은 냄새지만 박쥐들은 사족을 못 쓴다.

　　　이처럼 식물은 꽃가루받이를 해 줄 동물에 따라
맞춤 꽃을 준비한다. 일단 동물의 환심을 사고 난 다음에는
식물의 절묘한 줄다리기가 벌어진다. 우리 인간 사회의
연인들이 벌이는 사랑의 줄다리기 뺨친다. 화려한 색이나
거부하지 못할 냄새로 자신의 꽃가루를 옮겨 줄 동물을
끌어들인 식물이 한 번의 방문에 그 사랑의 전달자가
원하는 양의 꿀을 다 주어 버리면 무슨 일이 벌어질까?
꿀벌을 예로 생각해 보자. 한 배 가득 꿀을 들이켠 벌은
곧바로 집으로 돌아갈 것이다. 다음 꽃을 방문할 여력도
없고 까닭도 없다. 식물은 애써 그 동물을 유혹하여
선물 공세까지 펴며 저쪽 언덕에서 살포시 미소 짓는
같은 종의 다른 꽃을 찾아가 대신 잠자리를 가져 달라고
부탁했건만 배가 부를 대로 부른 벌은 아랑곳하지 않는다.
그래서 꽃들은 벌들에게 그저 감질날 정도로 적은 양의
꿀을 줄 뿐이다. 그래야 한술에 배부를 수 없다는 걸 아는
벌들이 이 꽃, 저 꽃 찾을 것이기 때문이다. 선물이란 원래
한꺼번에 다 안겨 주는 게 아니다.

식물 중에도 은행나무처럼 아예 암수가 따로 되어 있는 경우가 있지만 대부분의 경우에는 한 꽃 안에 암술과 수술이 함께 있다. 이런 경우를 영어로는 허마프로다이트hermaphrodite라고 하고 우리말로는 암수한몸, 남녀추니 또는 어지자지라고 부른다. 허마프로다이트는 그리스신화에서 헤르메스Hermes와 아프로디테Aphrodite 사이에서 태어난 첫아들 헤르마프로디토스Hermaphrodites에서 온 말이다. 파리 루브르 박물관에는 풍만한 여성 젖가슴과 남성 성기를 함께 갖춘 헤르마프로디토스의 석상이 있다. 그리스신화에 따르면 원래 인간은 암수한몸이었는데 신이 둘로 갈라놓는 바람에 이렇게 서로를 늘 애타게 찾게 된 것이란다.

대부분의 식물들은 아직 신의 노여움을 사지 않아 암수가 한 몸 안에 있다. 그렇다고 한 꽃 안에 있는 암수가 짝짓기를 하는 것은 아니다. 대부분의 꽃들은 우선 수술들을 먼저 발달시켜 꽃가루를 다른 꽃들에게 보내는 일부터 시작한다. 그러다가 꽃가루가 다 동이 나면 수술들이 시들고 저절로 암술이 솟아올라 다른 꽃들의 꽃가루를 받기 시작한다. 수컷으로 삶을 시작했다가 차츰 암컷으로 변하는 것이다. 꽃들은 이처럼 자연스레 성을 바꾼다.

우리 인간이 언제부터 사랑의 증표로 꽃을 주고받았는지는 확실하지 않다. 아주 가끔 아내의 가슴에 꽃다발을 안겨 줄 때 사실 머릿속으로는 꽃의 생물학적 의미를 떠올린다. 화려한 성기를 선물하고 있다는 생각을 떨칠 수 없다. 이런 의미에서 사랑하는 연인끼리 꽃을 주고받는 행위는 지극히 노골적이지만 생물학적이기도 하다. 그러나 공연이 끝났을 때에나 상을 받았을 때 그 한 사람을 향해 너도나도 꽃 공세를 벌이는 모습을 보노라면 저건 또 무슨 뜻일까 하며 고개를 갸우뚱거리지 않을 수 없다. 이때가 내가 생물학자가 된 걸 후회하는 유일한 순간이다.

다르면 다를수록

이제, 중심이 바뀔 때

미국에서 살던 시절 아내는 밸런타인데이를 좋아했다. 둘다 늘 공부하기 바쁘다가 이날이 오면 고급 레스토랑에서 함께 저녁 식사를 했고, 아내는 내가 건네는 장미꽃 한 다발과 유럽산 초콜릿에 행복한 미소를 머금곤 했다. 그러기에 해마다 밸런타인데이를 낭만적으로 꾸미는 일은 내게 절대적으로 중요했다.

그런데 밸런타인데이와 화이트데이를 둘러싸고 형성된 우리나라 풍습에 생물학자로서는 이해하기 매우 힘든 부분이 있다. 미국에는 화이트데이라는 것도 없지만 밸런타인데이든 다른 어느 날이든 언제나 남자가 여자에게 선물도 사 주고 초콜릿이나 꽃을 바친다. 그런데 어찌된 영문인지 우리나라에서는 밸런타인데이에 여자가 먼저 남자에게 초콜릿을 선사하게 되어 있다. 그러고 나서야 뒤늦게 찾아오는 화이트데이에 남자가 여자에게 고마움을 표한다. 동물 사회에서는 말할 나위도 없고 인간 사회에서도 그 유례를 찾아볼 수 없는 철저하게 남성 중심적 풍습이다.

순서가 뒤바뀐 예를 또 하나 들어 보자. 한때 텔레비전을 보면 청춘 남녀들이 서로 마음에 맞는 짝을 찾는 프로그램이 넘쳐 났다. 동물들의 짝짓기 행동을 연구하여 영문으로 된 전문 서적까지 출간한 바 있는 나에게는 여간 흥미로운 관찰거리가 아닐 수 없었다. 그런데 참 신기한 것은 최종 결정을 내린 후 남자들보다 여자들이 먼저 속마음을 내보이도록 짜여 있다는 점이었다. 자연계에선 있을 수 없는 일이다. 필경 남자 연출가들의 작품이리라.

성에 관한 한 궁극적인 결정권은 거의 예외 없이 암컷에게 있다. 자연계에서 수컷이란 동물들은 모두 암컷에게 선택받기 위해 보다 더 화려하게 자신을 치장하거나 온갖 춤과 노래를 동원하여 교태를 부릴 수밖에 없다. 스스로 제아무리 잘났다고 뻐겨도 암컷이

다르면 다를수록

잠자리를 같이해 주지 않으면 자신의 유전자를 후세에 남길 재간이 없으니 결국 수컷의 운명이란 암컷의 자비에 좌우되는 사뭇 불쌍한 것이다.

공작새 수컷은 보기에도 거북할 정도로 버거운 깃털들을 몸에 붙이고 다닌다. 그들이 포식자들에게 '날 잡아 잡수' 하면서도 그 화려한 꼬리 깃털들을 펼치는 것은 오로지 암컷의 환심을 사기 위함이다. 엄청난 위험을 무릅쓰고라도 암컷들에게 잘 보여 번식에 성공한 수컷들이, 혼자만 살겠다고 늘 숨어 지내던 수컷들보다 더 많은 유전자를 후세에 남겼기 때문에 진화한 현상이다.

인간의 경우에는 아마도 남자들이 경제권을 장악하기 시작하면서부터 성의 결정권도 상당 부분 거머쥐게 된 것으로 보인다. 하지만 바야흐로 여성의 세기가 활짝 열리고 있는 지금에도 이렇게 남자들의 입김이 강할 수 있을지 의문이다.

거품 없는 참새

예전엔 그렇게도 흔했던 참새도 요즘엔 보기 어렵다.
참새는 언뜻 보아 암수를 구별하기 쉽지 않으나 한 가지
아주 간단한 방법이 있다. 가슴팍에 털이 난 놈은 수컷이고
그렇지 않은 것은 암컷이다. 그렇다고 암컷들이 가슴에
깃털 하나 없이 속살을 내보인다는 뜻은 아니다. 다만
수컷들은 가슴팍에 검은 깃털을 가지고 있을 뿐이다.

　　　　서양 여성들은 대개 가슴에 털이 북실하게 나
있는 남성을 좋아한다. 남성적인 매력을 느낀다는 것이다.
이 점에서는 참새 암컷들도 마찬가지다. 관찰에 의하면
가슴에 검은 깃털이 많은 수컷일수록 더 많은 암컷들과

교미를 한다. 실제로 참새 수컷들을 여럿 비교해 보면 검은 깃털로 뒤덮인 가슴 면적이 서로 다름을 알 수 있다.

가슴팍의 검은 털은 수컷들 간에 우열을 가리는 신호로 쓰인다. 가슴에 검은 깃털이 많은 수컷일수록 대체로 나이도 많고 몸집도 비교적 큰 편이며 사회적 지위도 높다. 실제로 수컷 참새들이 서로의 가슴팍을 살피며 사회생활을 영위하는지 알기 위해 시애틀에 있는 워싱턴 대학 연구진은 다음과 같은 실험을 수행했다.

그들은 가슴에 검은 깃털이 별로 많지 않은 비교적 낮은 계급의 수컷을 잡아서 검정색 매직펜으로 가슴을 시커멓게 칠한 다음 날려 보냈다. 유달리 시커먼 가슴팍을 내밀며 홀연히 나타난 무법자에게 수컷들은 모두 슬금슬금 자리를 피해 주는 듯했다. 그러나 그리 오래지 않아 수컷들은 이 무법자가 생김만 늠름했지 영락없는 겁쟁이라는 사실을 알아내곤 매서운 공격을 가했다.

그래서 이번엔 호전적인 성격을 만들어 주기 위해 가슴을 시커멓게 하는 것은 물론 남성호르몬인 테스토스테론을 주사해 주었다. 그러자 이 수컷은 시비를 걸어오는 다른 수컷들에 정면으로 맞서 싸움을 벌이는 것이었다. 결과는 참혹하게도 허세를 부리던 수컷의

죽음으로 끝이 났다. 아무리 외모가 그럴듯하고 싸움에서
비겁하게 물러나지 않는 용맹함을 지녔더라도 실제로
체력이 뒷받침해 주지 않으면 성공할 수 없음을 보여 주는
실험이었다.

이렇듯 참새 사회에서는 실속 없는 거품은 설
땅이 없다. 우리네 삶에서도 거품이 얼마나 허망한가.
한 가지 다행스러운 일은 우리 여성들이 모두 가슴팍에 난
털로 남성미를 가늠하지 않는 것이다. 만일 그랬더라면
우리들 대부분은 서양 친구들에게 밀리고 말았을 테니
말이다.

침팬지
동의
보감

나는 1980년대의 절반 이상을 파나마에 있는
스미스소니언Smithsonian 열대연구소에서 보냈다. 그곳
연구소 주변 파나마 열대림에는 세 종류의 영장류들이
살고 있었다. 작은 몸집에 걸맞지 않게 엄청나게 큰
목청을 지닌 고함원숭이howler monkey, 연구소 뜰까지
내려와 음식을 집고 도망치곤 하는 거미원숭이spider
monkey, 얼굴과 목 부위가 고운 흰 털로 뒤덮인 귀여운
흰얼굴꼬리감기원숭이white-faced capuchin가 그들이었다.
당시 연구소에는 흰얼굴꼬리감기원숭이를 연구하러 온
생물학자가 한 사람 있었다.

영장류에 대한 미련을 버리지 못하던 나였기에
하루는 무작정 그를 따라나섰다. 오전 내내 정글을
헤매다 점심때가 다 되어서야 드디어 원숭이들을 찾았다.
하지만 원숭이들은 높은 나무 위에서 우리를 한 번 흘끔
내려다보곤 옆 나무로 건너뛰며 이동하기 시작하더니
금세 골짜기 저편에 가 있었다. 가파른 골짜기를 곧바로
가로지를 수 없는 우리는 하는 수 없이 산길을 따라 한참을
돌아 그들이 있는 곳에 도착했다. 그러자 그들은 또다시
이동을 시작했고 우리의 추적은 해가 질 무렵까지 그렇게
허무하게 계속되었다. 그날 나는 해가 뉘엿뉘엿 기우는
산언덕을 내려오며 영장류를 공부하지 않고 곤충을
공부하길 참 잘했다고 생각했다.

영장류를 연구하는 학자들은 이처럼 그들을
가까이 두고 보기 어렵다. 그래서 영장류 학자들은 주로
먼발치에서 망원경을 사용하여 그들이 하루 중 무슨 일들을
하며 무얼 먹고 사는지를 기록하는 연구를 가장 많이 했다.
대부분의 영장류들은 주로 나무 열매나 이파리를 먹고
산다. 그래서 열매가 열리는 나무를 찾아 늘 떼를 지어
이동한다. 물론 채식만 하는 것은 아니다. 아프리카에서
연구 생활을 시작한 지 그리 오래지 않아 제인 구달 박사가
관찰한 침팬지의 육식 습성은 당시 학계를 떠들썩하게

했다. 육식을 할 기회가 많지 않아서 그렇지 침팬지들은
사실 고기를 좋아한다.

　　　침팬지의 식단을 연구하는 학자들은 그들이
섭취하는 식물의 영양가까지 정량적으로 분석한다.
1970년대 중반부터 학자들은 침팬지들이 쓰기만 하고
영양가도 거의 없는 식물의 고갱이나 이파리들을
섭취한다는 사실에 주목하기 시작했다. 고갱이를 먹기도
하지만 많은 경우 씹어 즙을 빤 후 뱉기도 한다. 이파리는
종종 씹지 않고 그냥 삼킨다. 우리들이 약을 삼키는 것과
흡사한 행동을 보이는 것이다. 침팬지들도 아마 캡슐의
원리를 이해한 듯싶다. 이 파리를 씹지 않고 통째로 삼켜야
산성도가 높은 위를 무사히 통과하여 장에 이를 수 있다는
걸 경험으로 터득한 듯 보인다.

　　　우리는 채소를 섭취하며 갖가지 다른 맛을
즐긴다. 상큼한 채소가 있는가 하면 맵고 쓴 것들도
있다. 채소의 맛이란 바로 식물이 자기를 갉아먹는
곤충 또는 다른 초식동물에 대항하기 위하여 만들어
비축한 화학물질의 맛이다. 이른바 이차화합물secondary
compounds이라 불리는 이 물질들 중에는 초식동물에게
소화불량을 일으키는 것에서부터 심하면 심장마비를
일으키는 것까지 다양하다. 설익은 과일의 맛이 떫은

이유는 그 속에 들어 있는 타닌tannin 때문이다. 타닌은 많은 동물에게 적지 않은 배앓이를 일으킨다. 어떤 식물의 열매나 이파리에는 강심배당체cardiac glycoside가 함유되어 있는데 일정량 이상을 섭취하면 심장이 멎을 수도 있다.

우리가 먹는 채소란 이런 이차화합물을 적당한 수준으로 다스려 놓은 것들이다. 한방에서 쓰는 약재들의 효험도 결국 이 같은 이차화합물에서 나오는 것이다. 몇 년 전 텔레비전에서 방영되어 많은 인기를 누렸던 〈허준〉에서도 보았듯이 우리 인간은 오랫동안 우리를 병마에서 구해 줄 물질을 자연에서 찾았다. 북미의 인디언들도 이미 오래전에 곰들이 배탈이 났을 때 뜯어 먹는 풀을 눈여겨보았다가 약초로 사용했다 한다. 어떤 의미에서 지금도 우리는 그 일을 계속하고 있다. 세계 굴지의 제약 회사들은 지금 상당한 연구비를 투자하여 항암 물질 등 약효가 뛰어난 화합물을 함유한 식물들을 찾고 있다.

현재까지 '침팬지 동의보감'에 수록된 식물은 모두 13종에 이른다. 그중 갈퀴꼭두서니는 우리 산야에도 자생하는 식물이다. 물론 같은 종은 아니지만 우리나라에도 있는 무궁화, 무화과 또는 닭의장풀 속에 속하는 종들도 '침팬지 허준'이 즐겨 찾는 약초들이다. 어떤 식물들은 침팬지와 아프리카 원주민 모두가 같은 증상을 치유하기 위해 똑같이 사용하는 것들이다. 닭의장풀은 침팬지들이 주로 아침 일찍 몇 잎씩 삼키곤 하는데, 남미의 인디언들도 두통이 있을 때마다 그 식물로 끓인 차를 마신다.

학자들은 침팬지들이 몸이 불편할 때만 이런 약초들을 찾으며 섭취하고 난 후 대개 하루 정도면 병을 털고 일어서는 것을 여러 차례 관찰했다. 흥미롭게도 서로 다른 지역에 사는 침팬지들은 각기 전혀 다른 식물들을 약초로 사용하며, 같은 지역 내에서도 무리에 따라 복용하는 약초가 다르기도 하다. 이는 침팬지들의 투약 행동이 유전자 수준에서 프로그램 되어 있는 것이 아니라 살면서 배워 터득하는 '삶의 지혜'라는 뜻이다. 그래서 지방마다 또는 집안마다 대대로 물려받는 처방전이 따로 있다.

침팬지 사회에 의사라는 직업이 있는 것은 아닌 듯싶다. 아픈 침팬지들이 특별히 도움을 청하는 침팬지가 따로 있다는 관찰은 아직 없다. '엄마 손이 약손이다'는 옛말처럼 어린 침팬지들은 대개 어미로부터 약학 수업을 받는다. 침팬지 어미가 자식을 데리고 다니며 나중을 위해 '교육'을 시키는지는 확실하지 않으나 어린 침팬지들은 엄마가 어떤 증상을 보일 때 어떤 약초를 먹고 나았다는 걸 곁에서 보고 배운다.

다르면 다를수록

월경은 왜 하는 걸까?

내가 대학에 다니던 시절의 대학 축제들은 참 별 볼 일 없었던 것 같다. 기껏 기억나는 것이라곤 그 당시 젊은이들 사이에서 막 인기를 끌기 시작한 탈춤 공연을 빼고는 이념은커녕 볼거리도 별로 없는 공허한 축제였다. 연인 사이도 아니면서 예쁘거나 키만 크면 축제용으로 불려 가던 시절이었다. 나도 당시에는 키가 큰 편에 속해서 한두 번 차출되어 여학교에 들어가 보는 영광을 얻기도 했다.

장터라는 미명 아래 먹을거리가 지나치게 판을 치는 듯한 느낌을 제외하곤 요즘 대학생들의 축제에는 뭔가 주제가 있는 것 같아 좋다. 몇 년 전부터 시작한 '월경 페스티벌'은 특별히 대학생다운 당당하고도 아름다운 행사라고 생각한다. '월'마다 하는 '경'사스러운 일을 부끄러워할 일이 무엇이랴.

남성과 여성의 생식기가 다르다는 것은 구태여 말할 나위가 없지만 설계 면으로도 다른 점들이 있다. 남성의 생식기는 배뇨관을 일부 함께 사용한다. 따라서 배설 기능이 외부로부터 침입하는 병원균이나 이물질을 씻어 내는 방어 기관의 역할을 어느 정도 담당할 수 있다. 하지만 여성의 경우에는 요도와 질이 따로 분리되어 있기 때문에 별도로 문제를 풀어야 한다. 병원균들은 남성의 정액에 숨어 질은 물론 자궁 깊숙한 곳까지 침입할 수 있다.

여성들이 한 달에 한 번씩 고통스럽게 겪어야 하는 월경은 병원균을 씻어 내는 방어 작용이라는 학설이 제기되었다. 지나치다 싶을 정도로 엄청난 손실을 수반하는 월경이 괄목할 만한 이득이 없다는 것은, 진화적인 측면에서 볼 때 대단히 불합리하다는 관점에서 월경이 자궁의 감염을 방지하는 작용으로 진화했다는 이론이 나온 것이다. 실제로 월경혈은 순환혈에 비해서 영양분의 상실은 최소화되어 있는 반면 병원균들을 파괴시키는 능력은 월등하다는 연구 결과가 좋은 증거가 된다. 일정한 교미 기간에만 성행위를 하는 다른 포유동물들의 월경 배출물에 비해 인간의 배출물이 엄청나게 많은 것도 의미 있는 결과다.

하지만 현대 여성들의 잦은 월경이 건강에 그리 좋지만은 않을 수도 있다. 지금도 수렵 채취 생활을 하는 아프리카나 남미의 원주민들에 대한 연구를 통해 짐작할 수 있듯이 석기시대 소녀들은 최소한 15세 또는 그 후에야 초경을 경험했으리라 추측된다. 초경은 늦더라도 첫 임신은 대부분의 현대 여성들에 비해 훨씬 빨랐을 것이다. 아이를 낳은 후 이삼 년간은 젖을 먹이게 되고 따라서 월경주기도 멈춘다. 폐경이 되는 47세 정도까지 석기시대 여인들은 줄잡아 네댓 번의 임신을 했을 것이고 그 기간의 절반 이상 동안 젖을 먹인다고 가정하면 그들이 겪은 월경은 아마도 150회를 넘지 못했을 것이다.

현대 여성들은 어떤가? 고단위 음식의 섭취로 초경 연령은 날로 낮아지고 있지만 무슨 이유인지 폐경 시기에는 아무런 변화가 없다. 그만큼 월경 횟수가 늘었다는 말이다. 첫 임신을 하는 연령이 늦어지고 아이도 적게 낳거나 아예 낳지 않는 여인들도 있다. 아이에게 젖을 빨리지 않는 여인들은 곧바로 월경주기에 접어든다.

농경시대부터 시작된 것으로 추측되지만 곡류를 갈아
이유식으로 쓸 수 있게 되면서 여인들의 수유 기간 역시
짧아졌다. 이런 여러 이유들로 인해 현대 여성들은 일생
동안 평균 삼사백 회의 월경을 경험한다. 석기시대
여인들에 비해 무려 두세 배에 달한다. 늘어난 월경 횟수가
여성 암의 증가와 무관하지 않을 것이다.

　　　유방암, 자궁암, 난소암 등 여성들의 생식기관과
관련된 암들의 발병률이 저개발국보다 공중위생이나
다른 모든 문명의 이기들이 잘 갖춰진 선진국에서 더욱
기승을 부린다는 점에 주목할 필요가 있다. 다른 암들의
경우와 마찬가지로 노년에 접어든 여성들이 전보다
많아져 발병률이 일반적으로 증가한 것은 사실이나
현대 여성들의 '비정상적' 생식 활동이 보다 직접적인
원인일지도 모른다는 연구 보고가 있다.

　　　월경주기 동안에는 호르몬 농도의 극심한
기복으로 인해 여성의 몸, 그중에서도 특히 난소와 자궁
그리고 유방의 세포들은 실로 엄청난 변화를 겪는다. 이
같은 변화가 생식을 위한 진화적 적응 현상임에는 틀림이
없으나 그 대가도 무시할 수 없는 것이다. 월경이 여성
암에 직접적으로 어떤 영향을 미치는지가 임상 실험에
의해 밝혀진 것은 아니다. 하지만 월경을 경험한 횟수가

많은 여성일수록 여성 암에 걸릴 확률이 높다는 것은 여러 인류 집단을 대상으로 실시한 연구 결과 분명하게 드러났다. 그렇다고 해서 여성들에게 일찍 결혼하여 쉴 틈도 없이 계속 아이를 낳으라고 권유하는 것은 아니다. 다만 이 문제를 보다 진화적인 관점에서 이해하고 호르몬 치유 등을 이용하여 월경 횟수를 줄이는 방법을 모색해야 할 것이다.

신뢰와 모방

일본 교토 대학 영장류연구소에 속한 '아이Ai'라는 이름의
침팬지는 컴퓨터 화면에서 특정한 글자와 그에 배정된
색깔을 구별하여 찾아내는 게임을 할 줄 안다. 올바른 색을
찾을 때마다 상금으로 나오는 동전으로 자동판매기에서
과일을 사 먹을 수 있다. 이런 방식으로 아이는 모두
40개의 일본 글자들을 익혔다.

　　'아이'라는 말은 우리말로 그저 사랑스러운
어린이 정도로 생각되겠지만 일본말로는 '사랑愛'
그 자체다. 게다가 이 말은 영어로 인공지능Artificial
Intelligence의 머리글자들이다. 이 세상에서 가장 컴퓨터를

　　　　다르면 다를수록

잘 다루는 침팬지의 이름으로는 기가 막힌 작명이다. 아이는 대단히 자존심이 센 침팬지로도 잘 알려져 있다. 아이는 컴퓨터게임을 하면서 거의 틀리는 법이 없지만, 어쩌다 실수라도 저지르면 우선 주변부터 둘러본다고 한다. 주변에 아무도 없으면 비교적 쉽게 분을 삭이지만 누군가가 자기의 실수를 목격했다는 사실을 발견하면 이리저리 길길이 날뛰며 주변에 있는 온갖 집기들을 집어던지며 행패를 부린다고 한다.

침팬지 연구의 대가 제인 구달 박사도 우리나라에 오는 길에 일본에 잠시 들러 아이가 있는 교토 대학을 방문한 적이 있다. 컴퓨터를 다룰 줄 아는 침팬지가 있다는 얘기를 오래전부터 들어 왔기에 직접 두 눈으로 확인하고 싶었다고 했다. 아프리카 숲속의 동료들이 긴 나뭇가지를 흰개미 굴속에 집어넣어 그걸 물어뜯는 흰개미들을 잡아먹거나 돌로 단단한 견과의 껍데기를 깨 먹는 동안, 대학 연구실에서 컴퓨터를 다루는 법을 배운 천재 침팬지를 꼭 만나 보고 싶었던 것이다.

아이의 높은 자존심과 난폭한 성질에 대한 일본 학자들의 경고에도 아랑곳하지 않고 구달 박사는 끝내 아이의 바로 곁에 자리를 잡았다. 침팬지는 사실 엄청난 근육을 가졌으며 한없이 포악해질 수 있는 야생동물이다.

매일 밤 나무 위에 잠자리를 마련하는 침팬지를 관찰하고 있노라면 우리가 발을 사용해야 겨우 부러뜨릴 수 있을 정도로 굵은 나뭇가지를 그저 손목의 힘으로만 손쉽게 부러뜨리는 모습을 볼 수 있다. 그래서 침팬지 우리에는 오랫동안 친분을 쌓은 숙련된 연구자가 아니면 절대로 들어갈 수 없다.

먼 곳에서 자기의 명성을 듣고 찾아온 벽안의 할머니 옆에서 사뭇 신이 난 아이는 거침없이 문제들을 풀어 나갔다. 거의 완벽에 가까운 성적을 자랑하는 모범생답게 술술 문제를 풀고 있었다. 그러다 드디어 올 것이 오고 말았다. 아이가 한 문제를 틀리고 만 것이다. 얘기 들은 대로 이것저것 닥치는 대로 집어던지더니 벽에 붙어 선 구달 박사를 향해 전속력으로 돌진했다.

그런데 참으로 믿기 어려운 일이 벌어졌다. 잡아먹을 듯이 달려오던 아이가 구달 박사 바로 앞에서 멈춰 서더니 손을 자기 입에 맞춘 다음 조심스레 그 손을 구달 박사의 입술에 대더라는 것이다. 연구실 창밖에서 들여다보던 일본 학자들은 "아이가 아마 당신이 침팬지들을 위해 평생을 바치신 분이라는 걸 알고 있는 모양이다"라며 놀라움을 금치 못했다고 한다. 그때 구달 박사는 아프리카에서 야생 침팬지에 떠밀려 벼랑으로

다르면 다를수록

떨어졌던 기억을 되살리며 그저 조용히 기다릴 수밖에 없었다고 한다.

그 아이가 2000년 4월에 아들을 낳았다. 이름은 '아유무'. 이 꼬마 침팬지도 엄마의 행동을 어깨 너머로 보고 배워 몇 가지 글자들을 구별할 줄 알게 됐다. 영장류 학자들은 오랫동안 침팬지 부모가 과연 자기 자식을 가르치는지 아니면 자식이 그냥 보고 배우는지를 놓고 논쟁을 벌여 왔다. 이 발견으로 인해 일부러 가르치지 않아도 스스로 보고 배운다는 것을 확실히 알게 됐다.

동물이 남을 보고 배운다는 것이 처음으로 밝혀진 것은 아니다. 컴퓨터를 다루고 글을 읽는 정도의 복잡한 행동도 모방을 통해 배울 수 있다는 것이 인간이 아닌 다른 동물에서 처음으로 관찰된 것뿐이다. 북유럽에 사는 점박이도요새 암컷들은 번식기에 여기저기에서 모여든 여러 수컷들 중 누구를 골라야 할지 잘 모를 때면 나이 든 언니의 선택을 따른다. 경험이 많은 언니가 고른 수컷이 내가 혼자 애써 고른 수컷보다 나을 확률이 높기 때문에 언니가 그 수컷과 정사를 끝낼 때까지 기다렸다가 자기도 잠자리를 같이한다. 이 같은 모방 행동은 때로 뜻하지 않게 스타를 만들기도 한다. 어느 언니가 선택한 수컷 앞에 많은 어린 암컷들이 길게 줄을 서기도 한다. 마치 우리 사회의 오빠부대처럼.

우리 아이들도 부모의 행동을 보고 배운다.
경험이 많은 어른들의 선택을 그만큼 신뢰한다는 뜻이다.
그런 이들 앞에서 우리 어른들이 배울 만한 행동을 하고
있는지 한 번쯤 돌이켜 볼 일이다. 건너는 길로 건너야
한다는 아이의 말을 무시한 채 황급히 아이의 손목을
잡고 차들이 잠시 뜸해진 길을 건너는 부모의 모습은
모방 학습은커녕 적극적으로 범법 행동을 가르치는 슬픈
모습이다. 중학생이라고 말하려는 아이의 입을 황급히
틀어막으며 초등학생 요금을 내기도 한다. 경로석이라며
앉지 않겠다는 아이를 애써 옆에 앉히며 어딘지 불안하여
주위를 두리번거린다.

우리 아이들에게는 침팬지 아이들은 겪지
않아도 되는 갈등이 있다. 학교에서 선생님이 가르쳐
주시는 것과 사회에서 다른 어른들이 하는 행동에 너무나
큰 차이가 있다. 우리 아이들은 이제 질서에 관한 교육을
제법 많이 받아 줄을 설 줄 안다. 그런데 부모가 줄을 서질
않는다. 그리고도 별 탈 없이 사는 걸 본다. 차라리 우리
아이들에겐 가르침은 받되 보고 배울 능력은 없었으면
좋겠다는 생각마저 든다.

지극히
예외인
동물

1990년대 초반 미국 의회에 전례 없이 많은 여성 의원들이
당선되었을 때 시사 주간지 《뉴스위크》는 '만일 정치가
여성들에 의해 행해진다면'이라는 주제의 특집 기사를
실었다. 그 기사에 인용된 전문가들은 한결같이 만일
여성들이 정치를 하게 될 경우 지금까지 벌어졌던 대규모의
전쟁이 깨끗이 사라질 것이며 사사건건 충돌로 치닫는
남성들과는 달리 거의 모든 문제들을 대화를 통하여
풀어 갈 것이라고 예측했다. 지나칠 정도로 타협에
의존하다 보면 일의 능률이 떨어지며 자칫하면 말이
꼬리에 꼬리를 물어 중상모략이 늘어날지도 모른다는

우려도 있었지만 폭력과 대립이 아닌 협상과 평화의
세상이 되리라는 것이었다.

　　　　최근 미국에서 심각한 사회문제로 떠오른 학교
총기 난사 사건들의 주인공들도 거의 예외 없이 10대
소년들이다. 〈에일리언〉에는 여배우 시고니 위버가 가장
용맹스러운 투사로 등장하지만, 여전사들로만 구성된
전설적인 아마존 여족을 제외하곤 거의 모든 문화권의
군대는 남성들로 이루어져 있다. 영국군에게 포위된
오를레앙을 구했던 잔 다르크나 일제의 총칼 앞에서도
분연히 일어섰던 유관순 의사처럼 '용감한' 여인들은
인류의 역사에서 수없이 많았지만 대규모의 파괴와
학살을 자행한 '포악한' 여인들은 찾아보기 어렵다.

　　　　우리 인간 사회에서 벌어지는 온갖 폭력들은
침팬지 사회의 그것들과 가장 유사하다. 침팬지 수컷들은
으뜸 수컷의 자리를 지키기 위해 부단히 노력한다.
버금 수컷들은 서로 동맹을 맺어 으뜸 수컷에게 몰매를
퍼부으며 권좌를 빼앗는다. 야생 침팬지들은 종종 혼자
돌아다니는 수컷이나 작은 무리의 수컷들을 공격하여
잔인하게 죽이기도 한다. 많은 인류 집단들이 그렇듯이
침팬지 사회의 수컷들은 자기가 태어난 곳에서 평생토록
머물고 암컷들이 어른이 되면서 다른 곳으로 이주한다.

그러나 이 같은 사회구조는 다른 동물들의 사회와 비교할
때 지극히 예외적인 것이다. 지금까지 생물학자들이
연구한 바에 의하면 대부분의 젖먹이동물이나 새들은 물론
거의 모든 동물들의 경우 모두 수컷들이 때가 되면 다른
집단으로 이주하는 것이 통례다. 거기다가 혈연관계로
맺어진 수컷들이 자기 영역을 철저하게 방어하며 적의
집단을 무자비하게 공격하여 그 구성원들을 살해하는
행동까지 고려하면 인간과 침팬지는 이 지구상에 살고
있는 모든 동물들 중 참으로 별난 두 종의 동물들이다.

DNA 분석 결과에 의하면 인간과 침팬지가
공동 조상으로부터 분화된 것은 지금으로부터 불과 600만
년 전의 일이다. 600만 년이란 시간은 진화의 관점에서
보면 그리 긴 시간이 아니다. 46억 년이라는 지구의 역사를
하루에 비유한다면 1분도 채 되지 않는 짧은 시간이다.
그 짧은 시간 동안에 인류의 조상은 열대림을 떠나 초원과
교목림으로 나와 두 발로 걸어 다니며 살게 되었고
급기야는 지극히 정교한 언어를 구사하며 농업혁명과
산업혁명을 일으켜 오늘날 이렇게 엄청난 기계문명 사회를
이룩하게 되었다.

현생인류Homo sapiens가 탄생한 것은 그보다도
훨씬 최근인 15만 년 내지 23만 년 전의 일인 것을 보면

인간은 그야말로 순간에 '창조'된 동물이라 해도
과언이 아닐 것이다. 지극히 비정상적인 우리들의 인간
중심주의만 아니라면 침팬지는 어쩌면 우리 인간과
함께 호모Homo속으로 분류되거나 아니면 우리 인간을
침팬지의 속인 팬Pan에 합류시켜야 할 것이다.

다르면 다를수록

음악은 어떻게 살아남았을까?

새들의 노래는 생물학자들이 가장 많이 연구한 주제 중 하나다. 미국 코넬 대학에는 '새 노래 도서관www.birds.cornell.edu'이라 이름 붙인 데이터베이스가 있다. 이 세상 거의 모든 새들의 노랫소리가 다 녹음되어 있다. 하지만 새들의 노래를 연구한 이들이 어디 생물학자들뿐이랴? 새소리를 채보하여 〈새들의 눈뜸〉1952, 〈새의 카탈로그〉1956~1958 등을 작곡한 메시앙Olivier Messiaen으로부터 새소리가 문화의 한복판에 깊숙이 스며든 파푸아뉴기니의 칼룰리 종족에 관한 민족지학의 고전 『소리와 감정』을 저술한 음악인류학자 스티븐 펠드Steven

Feld에 이르기까지 새소리에 매료된 이들의 수가 적지
않다.

　　　대부분의 생물학자들과 음악가들이 관심을
보여 온 새소리는 모두 명금류 새들의 노랫소리다. 명금류
수컷들은 봄이 되어 낮의 길이가 길어지고 기온이 오르면
자기도 모르게 흥얼거리기 시작한다. 핏속에 호르몬이
돌기 시작하면 노래를 부르고 싶어 몸살이 난다. 그런데
그들이 부르는 노래를 녹음하여 전기적으로 분석해 보면
음의 높낮이도 중요하지만 무엇보다도 리듬과 박자가
결정적이란 걸 알 수 있다. 지지배배 복잡하게 들리는
노래를 토막 내어 순서를 뒤바꿔 놓아도 암컷들은 대충
다 알아듣는다. 가사는 그리 중요하지 않다는 얘기다.
명금류의 수컷들이 부를 줄 아는 노래는 사실 한 곡밖에
없다. 입만 열면 그들은 그저 사랑의 세레나데만 부른다.
우리가 부르는 유행가의 거의 전부가 다 사랑 노래인 것과
크게 다를 바 없다.

　　　"당신을 사랑해"나 "사랑해, 당신을"이나
암컷들에게는 별 차이가 없다. 하지만 늘어진
녹음테이프에서 흘러나오는 소리처럼 하릴없이 여기저기
축축 처지는 노래는 암컷들의 귀에 더 이상 노래가 아니라
한낱 잡음에 지나지 않는다. 노래의 음절과 음절 사이의

174

간격이 무엇보다 중요하다. 우리들이 가는 노래방에서는 박자가 좀 틀려도 크게만 부르면 비교적 높은 점수를 받고 박자가 좀 심하게 흔들리면 낮은 점수를 받아 쑥스러울 따름이지만, 새들의 세계에서는 박자를 틀리면 아예 혼사가 막힌다. 중학교 3학년 시절 평생 음악에 주눅이 들게 만든 사건을 겪은 이래로 절대 남 앞에서 노래를 부르지 않는 나로서는, 만일 새로 태어났더라면 내 유전자를 후세에 남기는 일일랑 꿈도 꾸지 못했을 것이다. 다행히 사람으로 태어나 노래 못하는 천추의 한을 음악 하는 여인과 결혼하는 걸로 풀었다.

나는 1997년부터 평생 할 욕심으로 까치를 연구했다. 까치의 음성신호를 분석하는 일은 우리 연구에서 중요한 한 축이다. 내가 종달새가 아니라 까치의 소리를 연구한 데에는 다 그럴 만한 까닭이 있다. 사랑을 노래하는 음악들뿐 아니라 〈영웅〉, 〈운명〉, 〈비창〉 같은 음악도 연구하고 싶었다. 아름다운 노래를 부르는 명금류의 새들과 달리 앵무새, 까마귀, 까치 등은 노래라고 하기에는 너무나 거칠고 짧게 끊어지는 소리 토막들을 내뱉는다. 그런데 별로 아름답지 못한 그 토막들엔 사랑은 물론, 다른 온갖 삶의 감정들이 다 담겨 있다. 호르몬이 녹음기의 단추를 누르기만 하면 지지배배 지정곡만

불러 대는 종달새보다 사시사철 온갖 상황에서 다양한 소리를 지껄이는 까치가 훨씬 재미있어 보인다. 그리고 우리 인간이 어떻게 하여 이렇게 복잡한 언어와 음악을 갖게 되었는가를 연구하려면 종달새가 아니라 까치를 연구해야 한다고 믿는다. 우리 인간 사회에 음악이 먼저 진화했는지 아니면 언어가 생겨난 다음 음악이 따라왔는지에 대해서는 아직도 논의가 진행 중이지만 까치의 음성신호에 대한 연구가 몇십 년 쌓이게 되는 어느 날 나도 음악의 진화에 대해 한 말씀 할 수 있게 되리라 기대해 본다.

음악의 기원을 찾기 위해 동물 세계를 연구하는 접근 방식을 기본적으로 진화생물학적 접근이라고 하는데, 음악의 경우 더욱 어려운 까닭은 인간 사회의 모든 문화권이 예외 없이 음악을 만들고 즐기는 것은 분명하나 음악이 어떻게 우리 인간의 생존과 번식에 도움이 되는지가 확실하지 않다는 데 있다. 오늘날 우리와 함께하는 인간의 보편적인 특성이나 문화를 진화생물학적으로 설명하려면 그것들이 우리 인류의 역사를 통해 우리 조상들의 생존과 번식에 어떤 형태로든 도움이 되었다는 것을 입증해야 한다. 비유가 적절할지 모르겠지만, 우리가 그리 바람직하게 여기지 않는 질투심도 질투를 느낄 줄 아는 사람이 그렇지 않은 사람에 비해 보다 많은 자손을 남겼기 때문에, 즉 보다 많은 유전자를 후세에 퍼뜨렸기 때문에 오늘날 인간의 보편적인 특성으로 남아 있는 것이다. 외간 남자가 자기 아내랑 은밀한 시간을 가져도 질투할 줄 모르는 남자는 자기 유전자가 아닌 남의 유전자를 지닌 자식을 먹여 살릴 가능성이 그만큼 높기 때문이다. 이런 관점에서 볼 때 음악의 기원과 진화는 그리 간단히 풀릴 숙제가 아니다.

음악의 진화를 고민해 온 진화생물학자들이 내놓은 가설에는 크게 네 가지가 있다. 음악을 업으로 하시는 분들도 때로 음악의 기원과 기능에 대해 깊은 생각에 빠지실 텐데, 그럴 때 생각을 정리하는 데 도움이 될까 하여 이 네 가지 진화생물학적 가설들에 대해 간략하게 소개하고자 한다. 음악이 어떻게 하여 생겨났고 왜 지금도 여전히 우리와 함께하고 있는지를 이해하려면 궁극적으로 음악인들과 자연과학인들이 이마를 맞대야 한다. 학제적 연구가 진정 화려한 꽃을 피울 주제가 있다면 음악의 진화가 그중 하나일 것이다. 다윈은 그의 1871년 저서 『인간의 유래』에서 다음과 같이 말한다. "인간으로 진화한 어떤 동물이, 수컷이든 암컷이든, 아니면 둘 다든, 서로 간의 사랑을 정교한 언어로 표현할 수 있기 전에는 음과 리듬을 사용하여 서로를 유혹하려 했을 것이다."

　　　　음악의 기원에 대한 가설 중 가장 많이 인용되는 것은 『메이팅 마인드』라는 책으로 우리 독자들에게도 친숙해진 진화심리학자 제프리 밀러Geoffrey Miller가 다윈의 생각을 이어받아 정립한 '성선택sexual selection 가설'이다. 동물행동학자들은 그동안 자연계의 많은 동물들, 그중에서도 특히 새들과 곤충들에서 암컷들이 수컷의 소리를 듣고 맘에 드는 배우자를 선택하는 과정을 관찰했다. 그렇다 보니 수컷들은 다른 수컷들보다 더 매력적인 소리를 내기 위해 경쟁할 수밖에 없었고, 그 결과 동물들의 소리들은 우리 인간의 귀에도 마치 음악처럼 복잡하고 아름답게 들리게 된 것이다.

　　　　밀러는 동물들의 소리와 마찬가지로 인간의 음악도 기본적으로 구애 신호로 시작하여 발달했다고 주장한다. 보다 매력적인 음악을 만들어 내는 남성이 보다 많은 번식의 기회를 갖게 됨으로써 그의 이른바 '음악 유전자'가 후세에 보다 널리 퍼지게 된 것이다. 우리 가까이 있는 예로 밀러가 자주 드는 이는 27세의 젊은 나이에 마약 과다 복용으로 요절한 천재 기타 연주가 지미 헨드릭스Jimi Hendrix이다. 헨드릭스의 음악적 재능이 그에게 장수를 보장하지는 못했지만 그 짧은 생애 동안 그는 공연장마다 따라다니는 수많은 여성 팬들 중 적어도 수백 명과 잠자리를 같이한 것으로 알려져 있다. 그 와중에도 그는 또한 늘 두 여성과 지속적인 관계를 맺었고 미국과 독일, 그리고 스웨덴에 적어도 세 명의 자식을 남겼다.

철학자 대니얼 데닛Daniel Dennett은『이기적 유전자』,『눈먼 시계공』,『확장된 표현형』등으로 우리나라에도 잘 알려진 영국의 진화생물학자 리처드 도킨스Richani Dawkins의 모방자meme 개념을 가지고 음악의 진화를 설명한다. 모방자란 오로지 부모로부터 자식에게 종적으로만 전달되는 유전자gene와 달리 한 세대 내에서 횡적으로도 전파될 수 있는 진화의 단위를 말한다. 데닛에 따르면 음악은 유전자보다 훨씬 빠른 전파 속도를 지닌 모방자에 의해 진화했다.

옛날 동굴 시대의 어느 남자가 우연히 나무 막대기로 통나무를 두들기기 시작했다고 하자. 그가 두들기던 리듬 중 어떤 것이 다른 사람들에게도 그럴듯하게 들려 여러 남자들이 그 리듬을 두들기기 시작해 그들 주변에 점점 더 많은 사람들이 모여들기 시작한다. 그러다 보면 점점 더 넓은 지역에서 보다 많은 사람들이 비슷한 리듬으로 통나무를 두들기게 될 것이다. 이 리듬이 바로 일종의 모방자이다.

다르면 다를수록

여기서 데닛의 가설은 유전자의 도움을 청한다.
모방자 메커니즘의 부산물로 이 리듬을 가장 멋들어지게
두들기는 남자는 사회적으로 인정을 받게 되며 그 리듬에
매료된 여인들에게 호감을 주게 될 것이다. 시간이
흐르면서 처음에는 단순했던 리듬이 점점 더 복잡한
음악으로 발전해 갈 것이고 보다 멋진 음악을 만들어 내는
남자들은 보다 많은 관심을 끌게 될 것이다.

데닛이 유전자만이 아니라 모방자의 개념을 빌려
음악의 진화를 설명하는 이유는 역시 모방자의 엄청난
전파 속도에 있다. 동굴 시대 이래 우리의 유전자는 사실상
그리 큰 변화를 얻지 못했다. 그럴 만한 시간적 여유가
없었다. 하지만 음악은 다르다. 지난 1000년만 보더라도
음악은 그레고리오 성가에서 바흐와 베토벤을 거쳐 말러와
쇤베르크는 물론, 엘비스와 비틀즈에 이르기까지 실로
엄청난 '진화'를 했다. 근래에 와서는 예전에 비해 훨씬 더
자주 문화의 경계를 넘나들며 전례 없이 빈번한 '모방'의
기회를 제공하고 있다. 바야흐로 '세계 음악의 시대'에
우리가 살고 있음을 그 누가 부정할 수 있으랴?

영국의 진화생물학자 로빈 던바Robin Dunbar는
음악이 언어와 마찬가지로 집단 구성원 간의 결속을
강화시켜 주는 일종의 '상호 털 고르기mutual grooming'

기능을 한다고 설명한다. 침팬지를 비롯한 대부분의
영장류 동물들이 서로 상대방의 털을 손질해 주며 서로의
관계를 돈독히 한다는 것은 이미 잘 알려진 사실이다.
던바는 언어란 결국 서로 털 고르기를 하며 세상 돌아가는
얘기를 하기 위해 진화했다고 주장한다. 음악 역시
상당히 대규모로 동료 의식을 고취하고 결속을 다지는 데
사용된다.

　　　　마지막으로 소개할 가설은 우리말로도 번역된
『언어 본능』과 『빈 서판』의 저자이자 하버드 대학의
심리학자 스티븐 핑커Steven Pinker가 주장하는 것인데
위의 가설들에 비하면 좀 싱거운 편이다. 그는 음악이란
그저 다른 목적으로 진화한 우리 두뇌의 어떤 메커니즘의
우연한, 그러나 '행복한' 부산물에 불과하다고 설명한다.
핑커와 같은 진화심리학자들은 인간의 마음은 어느 한
가지 기능만을 위해 진화한 것이 아니라 우리가 살아가야
하는 이 세상의 모든 문제들을 다 다뤄야 하는 다목적
사고 장치all-purpose reasoning device라고 믿고, 그를 해결하기
위해 두뇌는 각각의 기능을 담당하는 여러 모듈module로
구성되어 있다고 설명한다. 기왕에 음악 또는 예술을
담당하는 모듈을 가정한다면 부산물은 음악이 아닌 다른
것이 될 것이다.

음악. 더 넓게 본다면 온갖 형태의 예술들은
모두 그 기원을 찾기 쉽지 않은 인간 행동의 산물이다.
동물 세계에서 기원의 힌트를 얻는 노력에도 한계가
있다. 지금 이 순간에 비교해 보면 그들의 음악과 우리의
음악에는 그 구조의 복합성이나 기능에서 엄청난 차이가
존재하기 때문이다. 우리 인간은 사랑하는 여인의 창
밑에서 세레나데도 부르지만, 무슨 이유인지 축구 경기에
앞서 구차하기 짝이 없어 보이는 국가도 꼭 부른다. 하지만
금메달을 수상할 때 듣는 국가가 주는 감동은 전혀 다르다.
진압대와 대치하는 상황에서 부르는 노래가 있고 논에서
김을 매며 부르는 노래가 있다. 나 역시 진화생물학자라서
사뭇 단순한 수준에서 음악의 기원과 진화에 대해 종종
생각해 보곤 한다. 결코 그 답이 단순하리라고 기대하는
것은 아니다. 그러나 어디에선가 시작해야 하지 않는가.
우리 인간만 갑자기 창조주에 의해 하늘에서 뚝 떨어진 게
아니라면 우리와 오랜 진화의 역사를 공유해 온 우리의
사촌들의 삶을 기웃거리는 일이 전혀 쓸모없지는 않을
것이다.

재미있다

부품의 삶

세계보건기구WHO의 홈페이지를 방문해 세계 각국의
연령별 사망률을 비교해 놓은 도표를 찾아볼 것을
권유한다. 그곳에서 참으로 충격적인 통계 수치를 접할 수
있을 것이다.

　　　　세계 어느 나라든 남성의 사망률이 여성의
사망률보다 높은 것은 잘 알려진 사실이다. 그런 현상은
다른 동물 사회에서도 똑같이 일어난다. 수컷이란
워낙 '짧고 굵게' 살다 가게끔 진화한 동물이다. 번식의
기회를 얻기 위하여 암컷에게 잘 보여야 하는 동물들의
수컷들은 번식기 내내 변변히 먹지도 못하며 오로지

성애에 탐닉한다. 그러다 기진맥진하여 죽는 수컷들도
있고 근근이 목숨을 부지한다 해도 그해 겨울을 넘기기
어렵거나 이듬해의 성 편력에 심각한 타격을 입기 일쑤다.

여러 암컷들을 거느리기 위해 수컷들끼리 먼저
권력 다툼을 벌여야 하는 동물의 경우에도 수컷들의 삶이
처절하기는 마찬가지다. 으뜸 수컷이 되려면 항상 위험한
격투를 겪어야 하는데 그런 몸싸움에서 언제나 성한
몸으로 걸어 나온다는 보장이 없다. 운이 좋았건 힘이 셌건
으뜸 수컷이 되고 나면 그 자리를 지키기 위해 밤낮없이
경계를 게을리할 수 없다.

권력 구조의 외곽으로 밀려난 수컷들이라고
해서 자신의 처지를 운명으로 받아들이며 조용히 수절의
삶을 살 수는 없다. 그들 몸속의 유전자가 그들로 하여금
쉽사리 포기하지 못하도록 부추긴다. 변방의 수컷들은 늘
호시탐탐 기회를 노린다. 그리고 어렵사리 기회가 오면
과감하게 승부를 건다. 수컷들의 세계는 이처럼 늘 경쟁의
그림자에 휘감겨 있다. 자연계의 거의 모든 동물에서
수컷들이란 본시 이렇듯 무모할 수밖에 없는 존재들이다.
이 같은 무모함은 번식 적령기의 수컷들에게 더욱
뚜렷하게 나타난다. 그렇지 않고서는 자신의 유전자를
후세에 남길 길이 없기 때문이다.

인간도 엄연히 포유동물이다 보니 이런 점에서 예외일 수 없다. 어느 사회든 한결같이 20대와 30대 남성의 사망률이 여성의 사망률에 비해 무려 세 배나 높다. 약한 자여, 그대의 이름은 남성이니라. 세계보건기구에 통계 자료를 제공한 모든 나라의 경우 이 같은 현상은 거의 완벽하게 동일하다. 어느 나라든 남녀의 사망률은 비슷하게 시작하여 20대와 30대에 엄청난 차이를 보이다가 40대로 접어들며 서서히 비슷해지는 곡선을 그린다. 경제력과 문화에 상관없이 포유동물의 특성이 적나라하게 드러난다.

그런데 그 그래프에서 유일하게 40대, 50대로 들어서며 남성의 사망률이 점점 더 치솟는 나라가 있다. 바로 대한민국이다. 우리가 살고 있는 바로 이 나라 말이다. 전 세계를 통틀어 우리나라 40대와 50대 남성들의 목숨이 가장 파리 목숨에 가깝다는 명확한 증거이다.

대한민국은 한마디로 '인간 소모 사회'이다. 요사이 나라 경제가 말이 아니지만 나는 우리나라가 또다시 후진국으로 전락할 위험은 없다고 본다. 적어도 경제적인 면에서는 말이다. 그렇게 되도록 가만히 앉아 있을 우리가 아니다. 무슨 짓이든 악착같이 할 것이다. 그래서 어떠한 난국이든 반드시 극복하고야 말 것이다. 역사가 그것을 증명하고 있고, 우리 스스로 우리의 근성을 믿는다. 그래서 '은근과 끈기의 민족'이라고 하지 않았던가.

그러나 이 같은 고난과 극복의 역사는 나라 전체의 수준에서 분석하고 자위할 수 있을 뿐이다. 이른바 집단 수준의 평가일 따름이다. 그 집단을 이루고 있는 성원의 수준에서 이 현상을 다시 한 번 분석해 보면 엄청나게 다른 모습이 드러난다. 대한민국이라는 집단이 세계 상위권 경제 대국들의 근처를 맴돌기 위해 그야말로 '발악'을 하는 동안 그 성원들의 삶의 질은 과연 어떠한가. 목적 달성을 위한 소모품 신세를 면하지 못하고 있다. 근대화의 급물살 속에 우리 사회는 어느새 성원 한 사람 한 사람의 삶이 중요한 것이 아니라, 한동안 써먹다가 효용 가치가 떨어지면 가차 없이 버리고 새로 만들어 쓰는 '부품 사회'가 돼 버렸다. 할 수만 있다면 이 광란의 기계에서 뛰쳐나와 내 삶의 속도를 내 뜻대로 조절하며 살고 싶다.

다르면 다를수록

느림과 절제의 미학

십이지十二支의 동물들 중 뱀 같은 영물은 또 없으리라.
에덴동산에서 이브를 꾀어 선악과를 먹게 한 죄로 하나님의
저주를 받아 비록 '배로 다니'게 되었을망정 웬만한 동물
뺨치리만큼 헤엄도 잘 치고 나무도 잘 탄다. 둥글고 긴 몸통
때문에 과학자 아닌 과학자 프로이트Sigmund Freud에게
성욕의 표상이라는 얼토당토않은 명성을 얻고, 이렇다 할
과학적 근거도 없이 정력에 좋다는 옛 문헌 덕택에 우리
산야에선 끊임없이 수난을 겪고 있지만 진화의 역사에서
뱀만큼 성공한 동물도 드물다. 뱀은 전 세계적으로 2700여
종이 알려져 있으며 극지방을 제외한 거의 모든 생태계에

서식한다. 열대우림에 가장 많이 분포하나 물 한 방울 없는
사막에서 바닷속까지 그들이 살지 않는 곳을 찾기 어렵다.

예전에 생물학을 배운 분들이라면 모두
온혈동물과 냉혈동물의 구분을 기억할 것이다. 하지만
냉혈동물이라고 해서 그들의 피가 항상 차디찬 것은
아니다. 다만 피를 데우는 방식이 다를 뿐이다. 인간을
비롯한 젖먹이동물들이나 새들은 늘 일정한 체온을
유지하기 위해 몸속 난로에 항상 불을 지피고 있는 데 반해
뱀들은 주변 온도에 체온을 어느 정도 내맡기고 산다.
그러다 체온이 너무 내려간다 싶으면 따뜻한 곳으로 옮겨
앉을 뿐이다. 냉혈동물이 아니라 변온동물이라 불러야
옳다.

스스로 세워 놓은 높은 생활 수준에 맞추려
밤낮없이 일해 땔감을 버는 동물이 인간이라면 없으면
없는 대로 조금 덜 먹고 덜 쓰는 동물이 바로 뱀이다.
그저 일주일에 한 번 또는 한 달에 한 번만 식사를 하면
그만이다. 객쩍게 돌아다닐 필요도 없다. 큰 뱀일수록
듬직한 먹이 한 마리를 삼키곤 길면 몇 주씩 지긋이
한자리에 머문다. 천민과 선비가 사는 법은 이처럼 다르다.
뱀은 느림과 절제의 미학을 일찍부터 깨달은 동물이다.

얼마 전 세계평화지수라는 것이 제정되었다.

다르면 다를수록

경제 대국들의 지수는 형편없이 낮은 반면 덴마크와
네덜란드같이 국토도 작고 인구도 적은 나라들의 지수가
훨씬 높게 나왔다. "우리 아빠가 그러시는데 우리나라가
세상의 중심이 된대요"라던 어느 대기업의 이미지 광고를
기억한다. 우리는 너무 자주 어쭙잖게 세계 제일을
부르짖는다. 이젠 용꿈에서 깨어나 뱀의 냉철함을 배울
때다. 자기기만도 적당히 해야 약이 되는 법이다.

　　　　맞아 죽을 얘기인지 모르지만 우리나라는
죽었다 깨어나도 세계 초강대국이 될 수 없다. 물론 전
국민이 악착같이 덤벼들면 강대국 대열 저 뒷자리쯤에는
낄 수 있을지 모른다. 국민 대부분이 평생 10년 이상
병치레를 하면서 말이다. 우리가 뭘 그렇게 가진 게
많다고 미국이나 중국과 어깨를 겨루려 하는가. 덴마크나
네덜란드처럼 작지만 삶의 질이 높은 그런 나라가 되려고
노력하는 것이 보다 현실적이고 바람직한 일이 아닐까.

　　　　"곧기는 뱀의 창자다"라는 우리 옛 속담이 있다.
나라 사정이 여러 모로 어려운 즈음에 한 번쯤 되씹어 볼
만한 말이다. 겉으로 보기엔 꾸불텅한 뱀이지만 곧은 듯
보이는 몸속에 실제로는 꼬불꼬불 뒤엉킨 창자를 숨기고
사는 우리보다 훨씬 더 곧은 창자를 가지고 있다. 총체적인
위기를 맞고 있는 사회윤리도 결국 불신에서 싹이 튼

　　　　다르면 다를수록 ·

것이다. 겉보다는 속 창자가 곧아지는 뱀을 닮길 바라는
바다.

　　　개인적으로 나는 뱀이 내 귀나 핥아 주길
기원한다. 인류 최초의 예언자 멜람포스가 어느 날
나무 밑에서 낮잠을 자다 뱀이 귀를 핥자 홀연 온갖
동물들이 저희끼리 나누는 말들을 알아듣게 되었다 한다.
동물행동학자가 그 이상 무엇을 더 바라겠는가.

재미있다

베풂의 지혜

오래전 집에 도둑이 든 적이 있다. 학교에서 돌아와
보니 현관문이 비스듬히 열려 있고 방마다 남의 흔적이
역력했다. 가난한 학자의 집에 값나가는 게 있으랴마는 근
20년간 함께 살며 기념일 때마다 조촐하나마 내 정성을
담았던 아내의 반지며 귀걸이 등 장신구 서랍을 고스란히
털어 갔다. 어려운 유학생 시절 장학금을 모아 마련한 작은
약혼 다이아몬드 반지를 비롯하여 깜짝 선물로 내가 혼자
산 것, 세계 이곳저곳을 함께 여행하며 예쁘다고 같이 산
것 등 너무나 많은 추억들을 깡그리 앗아가 버렸다.

조서를 꾸미던 경찰관은 추석을 앞두고

이런 일이 종종 있노라 한다. 동네 가게 아주머니도 예전보다 좀도둑이 부쩍 늘었다 한다. "도적이 만일 주릴 때에 배를 채우려고 도적질하면 사람이 그를 멸시치는 아니하려니와"란 잠언 6장 30절의 말씀으로 다스려야 할 것 같다. 통계청의 발표에 따르면 우리나라 국민 상위 20퍼센트의 소득이 하위 20퍼센트의 소득보다 무려 5배가 넘는다고 한다. 예전보다 훨씬 더 많은 이들이 가난에 허덕이고 있는 듯싶다.

부의 고른 분배는 공산주의 체제에서도 해결하지 못한 문제다. 어떤 체제든 완벽하게 평등한 분배는 근본적으로 불가능하다. 하지만 사회를 구성하고 사는 동물들의 경우 적절한 분배가 이뤄지지 않으면 사회가 붕괴할 수밖에 없다는 이론이 나왔다. 이른바 '비대칭 이론skew theory'에 따르면 한 수컷이 모든 암컷들을 혼자 독차지해서는 사회가 유지될 수 없다. 후궁을 많이 거느리기로 유명한 북방코끼리바다표범 수컷들도 기껏해야 100여 마리의 암컷을 거느릴 뿐이다. 삼천 궁녀는 허상일 뿐이다. 붉은큰뿔사슴 총각들은 종종 떼를 지어 다른 수컷들의 영역으로 쳐들어가 폭동을 일으킨 후 암컷들을 훔치기도 한다.

나는 어렸을 때 구슬을 엄청나게 많이 가지고

있었다. 1960년대만 해도 설탕이 귀하던 시절이라 명절
때면 하얀 설탕이 가득 든 둥근 양철통을 서로 선물로
주고받곤 했다. 나는 한때 그런 양철 설탕 통 대여섯 개를
가득 채울 만큼 많은 구슬을 가졌던 '구슬 재벌'이었다.
수전노 돈 긁어모으듯 동네 구슬을 몽땅 따 들였다. 그런데
어느 날부턴가 이상한 일이 벌어졌다. 아무도 더 이상 구슬
놀이를 하려 들지 않는 것이었다. 나만 빼놓고 친구들은
모두 다른 놀이로 옮겨 간 것이다. 생각하다 못한 내가
친구들에게 각각 구슬 100개씩을 거저 나눠 준 후에야
그들은 비로소 못 이기는 척 나와 놀아 주었다.

비대칭 이론에 따르면 적절히 베풀어야 베풀
수 있는 지위를 유지할 수 있다. 우리 사회의 가진 이들은
너무나 베푸는 일에 인색하다. 빌 게이츠Bill Gates를
비롯한 서양의 거부들은 마치 경쟁이라도 하듯 자신의
재산을 사회에 환원한다. 그들이 천성적으로 남에게
베풀 줄 알아서가 아니라 베풀지 않으면 그들의 기반이
밑바닥부터 무너진다는 것을 잘 알기 때문이다. 1990년대
중반 미국 로스앤젤레스에서 일어난 폭동 때 흑인들이
집중적으로 약탈한 민족도 바로 우리 한인들이었다.
움켜쥐기만 하다 보면 전부를 잃을 수 있다.

왜 늙어야 할까?

인간유전체 human genome 의 전모가 밝혀지기 무섭게
우리나라에서는 벌써 DNA를 보고 지능, 체질, 수명, 폭력성
등은 물론 성격과 궁합까지 알려 준다는 검사 업체들이
날뛰고 있다. 생물학자의 귀에는 말도 되지 않는 얘기지만
적지 않은 어린아이들과 부모들이 솔깃해한다고 들었다.

인간유전체의 전모가 밝혀졌다고 전 세계가
온통 호들갑을 떨었지만 사실 밝혀진 것은 우리 DNA의
염기서열에 지나지 않는다. 쉽게 말하면 긴 DNA사슬의
어느 자리에 어느 염기가 앉아 있는가를 찾아낸 것뿐이다.
그 염기들이 왜 그 자리에 앉아 있는지, 그리고 그곳에서

무슨 일을 하는지를 밝히려면 앞으로도 족히 몇십 년은 더 기다려야 할 것이다.

인간유전체 지도의 초안에서 가장 흥미로운 발견은 뭐니 뭐니 해도 전체 유전자 수일 것이다. 적어도 10만 개는 되리라 예상했는데 그보다 훨씬 적은 3만 개쯤으로 밝혀졌다. 이를 놓고 성급하게 유전자보다 환경이 더 중요하다는 사실이 밝혀졌다고들 하는데 그것은 사뭇 성급한 판단이다. 그보다는 하나의 유전자가 여러 가지 형질 발현에 관여한다는 이른바 '다면발현설'에 힘을 실어 주었다고 봐야 할 것이다.

노화를 예로 들어 다면발현을 설명하면 다음과 같다. 도대체 태어나서 왜 늙어야 하는가를 설명하는 일은 결코 간단하지 않다. 애써 만들었으면 계속 쓸 일이지 무엇 때문에 잠시 사용하다가 폐기 처분을 한단 말인가. 다윈의 자연선택론에 입각하여 이 문제를 분석하면 실마리가 풀린다. 노화 현상을 연구하는 진화생물학자들은 젊었을 때 우리를 매력적으로 만들어 번식을 성공적으로 수행할 수 있도록 도와주던 유전자가 어느 순간부터인가 홀연 우리를 저승의 벼랑으로 떠밀기 시작한다고 믿는다.

유전자란 원래 자기 자신의 복제만을 위해 존재하는 다분히 '이기적인' 실체라서 어떤 방식으로든 자기 복제에 더 유리한 쪽으로 행동한다. 그런 유전자들이 진화의 역사를 통해 한 기계를 오래 쓰는 것보다는 쓸 만한 기계를 만들어 한때 최대한으로 써먹고는 가차 없이 처분하고 새로운 기계를 만드는 길을 택한 것이다. 그 방법이 결과적으로 더 많은 복사체들을 가져다주었기 때문이다. 아마도 이처럼 우리 몸속의 많은 유전자들은 여러 가지 요인에 관여하고 있을 것이다.

그렇기 때문에 가끔 언론 매체에 발표되는 "우울증을 유발하는 유전자를 찾았다" 또는 "우리를 알코올 중독자로 만드는 유전자를 찾았다"는 식의 뉴스는 결코 믿을 만한 것이 못 된다. 예를 들어 우리 머리카락의 색깔을 결정하는 유전자도 그 전모가 밝혀졌을 때 유전자 한 개의 소행일 확률은 거의 0에 가깝다. 모르긴 해도 몇백 개의 유전자들이 함께 만들어 내는 작업일 것이다. 그처럼 간단한 형질에도 그 많은 유전자들이 매달려 있을 텐데 하물며 우리를 우울하게 만들거나 쉽사리 술독에 빠지게 만드는 성향을 조절하는 유전자들이야 오죽하랴.

질병을 유발하는 유전자로 발표되는 경우도 사실 알고 보면 그 유전자가 그 형질을 유발한다기보다는 정상적인 형질을 갖고 있는 사람의 유전자와 비교할 때 어떤 특정한 유전자 부위가 다르다는 사실을 발견한

것뿐이다. 앞으로 이런 연구들이 활발히 진행되면
밝혀질 일이지만 사고는 언제나 한 곳에서만 일어나지
않는다. 같은 유전병을 일으키는 유전적 결함이 한 곳
이상에서 발견될 가능성을 배제할 수 없다. 하나의 형질이
발현되려면 여러 단계의 화학반응들을 거쳐야 하고 그 긴
반응 단계에서 사고가 날 수 있는 곳이 한 곳만일 까닭이
없기 때문이다.

        아직은 그 어느 유전학자도 인간유전체 지도를
펼쳐 놓고 토정비결을 읊을 수 없다. 질병을 야기하는
비정상 유전자 상태를 찾아내는 일은 비교적 쉽게 이뤄질지
모르지만 아무리 간단한 형질이라도 그 배후 유전자들을
모두 찾아내는 데에는 엄청난 시간이 걸릴 것이다. 이제
우리 중 유전자를 모르는 이는 없어도 제대로 아는 이는
여전히 드물다.

세 포 에 관 한

우 화

나는 '구의 삼사칠9-347' 할구다. 어머니의 난자가
아버지의 정자를 받아들여 수정란이 된 후 벌써 아홉 번째
분할을 맞으며 내가 태어났다. 하나의 세포인 수정란이
첫 분할을 거쳐 두 개의 할구세포가 되고, 네 개, 여덟 개가
되더니 어언 300개가 넘었다. 아버지의 정자가 어머니의
난자를 만난 곳은 어머니의 난소에서 빠져나온 나팔관의
입구 근처였지만 세포분할을 하며 계속 이동하여 이젠
거의 어머니 자궁에 이르렀다. 곧 아홉 번째 분할이 끝나면
모두 512개의 할구들이 생겨날 것이다.

　　오늘 내가 평생 일하게 될 부서를 배정받았다.

내가 받아 든 통지서에 따르면 곧 간으로 보내질 것이란다.
환히 웃고 있는 친구의 통지서를 힐끔 훔쳐보니 그는 뇌로
가라는 명을 받아 들고 있었다. 또 한 친구의 통지서에는
'정소'라는 두 글자가 또렷하게 쓰여 있었다. 갑자기
부아가 치밀기 시작했다. 따로 내 운명만을 생각할 때에는
몰랐는데 남의 행운과 비교하니 갑자기 불공평하다는
생각이 들었다. 누구는 뇌로 가서 평생 천하를 호령하며
살고, 또 누구는 정소에 가서 차세대 생명체를 만드는
정자를 생산하는 보람 있는 일에 종사하게 되는데, 나는 왜
간에 틀어박혀 평생 술만 걸러야 한단 말인가?

　　　힘없는 부모를 만난 탓이려니 하고 체념도
했지만 가만히 생각해 보니 우리 모두는 다 같은
부모로부터 온 형제들이 아니던가. 그걸 알고 나니 더더욱
억울하고 야속한 생각이 들었다. 하지만 어쩌겠는가.
불교에서 수계受戒의 의식을 행할 때 계율을 수여하는
계화상戒和尙인 삼사칠증三師七證으로부터 교수받은
예법인데 따를 수밖에. 오늘도 나는 묵묵히 술을 거르고
있다.

　　　하나의 수정란으로부터 분할되어 나오는 초기
할구들은 아직 아무런 임무도 부여받지 않았다. 일란성
쌍둥이는 이런 할구들의 덩어리가 무슨 까닭인지 어느

순간 두 덩어리로 갈라진 다음 두 독립적인 인간으로 자라는 것이다. 만일 그 순간에 할구들의 운명이 이미 정해져 있다면 "심장은 한 쌍둥이의 몸에, 허파는 다른 쌍둥이의 몸에" 하는 식으로 태어나야 할 것이다. 쌍둥이들이 모두 정상적인 인간들로 태어날 수 있는 것은 그때까지는 세포들의 운명이 아직 정해지지 않았기 때문이다. 아직 운명이 정해지지 않은 세포들이란 뒤집어 말하면 장차 어느 곳에서 어떤 조직이라도 만들어 낼 수 있는 세포라는 뜻이다. 이처럼 전지전능한 세포들이 바로 다름 아닌 줄기세포들이다.

수정란으로부터 세포분할을 거듭하던 할구세포들은 어느 순간부터 각자 장차 어느 기관에서 어떤 일을 하게 될 것인지에 대한 명령을 받는다. 마치 논산훈련소에서 신병 훈련을 마친 후 자대 배치 통지서를 받는 것처럼. 피부나 혈액을 만드는 부서로 배치받은 세포들은 가자마자 곧바로 활발한 세포분열을 하게 된다. 정소나 난소로 가는 세포들은 사춘기를 맞아 호르몬이 돌 때까지 십몇 년 동안은 분열을 자제해 달라는 권고를 받는다. 간으로 가는 나는 살면서 별일이 없는 한 분열할 일도 없을 것이라는 얘길 듣는다. 그저 술만 거르며 조용히 살라는 얘기다.

간에서 성실하게 맡은 바 임무를 다하던 어느
날 나는 내 삶의 의미를 되짚어 보게 되었다. 남들은
모두 세포분열을 통해 자식들을 낳으며 의미 있는 삶을
영위하고 있는 것 같은데 왜 나는 창의적이지도 않고
도전할 만한 가치도 없는 일을 끊임없이 반복하며 살아야
한단 말인가. 고민 끝에 나는 어느 날 드디어 내 삶의
의미를 찾아야겠다고 결심했다. 나도 남들처럼 자식도
낳으며 보람 있는 삶을 살아 보기로 했다. 그래서 나는
간 한구석에 앉아 열심히 세포분열을 시작했다. 자식
농사를 짓기 시작한 것이다. 드디어 내 삶에도 의미가 생긴
듯싶어 흐뭇해하던 어느 날 내가 몸담고 있는 주인어른이
몸져눕는 것이 아닌가. 그러다 얼마 후 간암 판정을 받았다.
나는 분명 행복해지고 있는데 내가 들어앉아 있는 이 몸은
나 때문에 곧 생을 마감할 것이란다.

암세포의 유전자를 생물학자들은 '무법자
유전자'라고 부른다. 세포분열을 하지 않겠다던 계율을
어긴 유전자이기 때문이다. 우리 몸을 이루고 있는 100조
개의 세포들은 모두 제가끔 늘 갈등과 타협의 삶을 산다.
갈등이 빚은 불균형들이 끝내 타협을 얻어내지 못하면
모두 함께 침몰한다.

이 100조 개의 세포들이 모두 협조하여 나로

하여금 정상적인 생활을 영위할 수 있게 해 주는 것이 사실 신기한 일이다. 100조 개의 세포들은 모두 하나의 수정란으로부터 분화되었기 때문에 모두 완벽하게 동일한 유전자들을 가지고 있다. 하지만 그들은 다양한 모습을 띠고 다양한 역할을 수행한다. 뇌를 이루고 있는 세포들은 그들대로, 다리를 이루고 있는 세포들은 또 그들 나름대로 따로 행동한다면 우리는 결코 한 몸으로 살 수 없을 것이다. 어떻게 그 많은 세포들 안의 유전자들이 매 순간 한마음 한뜻으로 힘을 합할 수 있는지 참으로 신비로운 일이다.

다르면 다를수록

비만의 비밀

미국에 살 때는 잘 느끼지 못하던 일이었지만 귀국한
후 가끔 미국에 갈 때마다 가장 확실하게 내 눈을 끄는
것은 뭐니 뭐니 해도 출렁이는 그들의 살이다. 내가 마치
'걸리버 여행기'의 한 장면에 등장하고 있다는 착각을
일으킬 정도다. 거인들의 나라에 온 것 같다. 미국의 경우
성인 10명 중 적어도 여섯이 과다 체중이라는 통계가
나왔다. 러시아, 영국, 독일도 국민의 과반수가 비만
증상을 보이고 있다. 600만 년 인류 역사에서 지금처럼
거대한 몸집을 끌고 다닌 때는 일찍이 없었다.
　　　서울대 보건대학원의 연구에 따르면

우리나라도 성인 3명 중 1명이 비만 체형이라니 이름하여 '살과의 전쟁'은 이제 남의 나라 일이 아니다. 대한비만학회는 체중을 키의 제곱으로 나눈 값인 체질량지수BMI가 25이상이면 비만으로 분류한다. 이 기준에 따르면 키가 175센티미터인 남자의 체중이 77킬로그램을 넘으면 비만이다. 남성의 경우 체질량지수 27.8을 비만 기준으로 삼는 미국보다 낮게 잡은 수치이다. 우리나라 남성들의 복부 비만이 더 심각하기 때문이란다.

이젠 오랜 시간이 지났지만, 어느 인기 연예인의 살 빼기 진실을 놓고 울고불고 야단이 난 적이 있다. 그가 어떤 방법을 사용하여 살을 뺐는가가 문제였던 모양이다. 아니 그보다도 사실을 숨겼다는 것이 더 큰 문제였던 것 같다. 체중 감량을 위해 지방 제거 수술을 받았다니 오죽했으면 그랬을까 동정도 가지만 끔찍한 느낌은 어쩔 수 없다. 하지만 지방 제거 수술은 약과다. 요즘 미국에서는 아예 개복 수술을 하고 위의 대부분과 소장의 일부를 잘라 내거나 막아 버리기까지 한다고 한다.

인간은 어쩌다 이같이 분에 넘치는 고민을 하게 되었을까. 한마디로 운동량이 줄어들어 생긴 현상이다. 제아무리 날고 긴다는 포식동물도 자고 일어나 바로 고기를 섭취할 수는 없다. 온 힘을 다해 먹잇감을 쫓아가

다르면 다를수록

잡아야 배를 채울 수 있다. 그러나 우리는 하루 종일 컴퓨터 앞에 앉아 손가락 운동만 하다가 귀갓길에 푸줏간에서 고기 한 근을 사 들고 들어가 간단히 먹어 치운다. 아침부터 고기를 먹을 수 있는 동물은 이 지구상에서 우리밖에 없다. 운동선수나 무용가 또는 육체노동자들을 제외하곤 우리 모두 에너지 소모율이 비정상적으로 낮은 생활을 하고 있다.

사실 나는 상당히 먹는 편인데도 살이 찌질 않는 체질을 지녔다. 요즘 같은 세상에선 모두가 부러워하는 체질이지만 나 같은 사람이 지금까지 살아남은 것은 신기한 일이다. 내가 만일 석기시대에 살았다면 거의 틀림없이 몇 해를 버티기 어려웠을 것이다. 먹은 것을 피하에 축적할 줄 모르는 사람은 이른바 춘궁기를 넘기기 어려웠을 것이기 때문이다. 지금도 오지에서 수렵 채집을 하며 사는 사람들은 철에 따라 때로 심각한 기근을 경험한다. 먹을 게 풍부할 때 실컷 먹고 몸속에 저장해 두지 않으면 살아남기 어렵다.

하지만 살이 찔 걸 뻔히 알면서도 달고 기름진 음식을 즐기는 까닭이 무엇인가. 짜게 먹으면 혈압이 오른다는 걸 잘 알면서도 간이 없는 음식은 입에 당기질 않는다. 당분이나 지방 그리고 소금은 우리 인류의 진화사에서 거의 언제나 부족했었다. 인류의 역사 중 대부분의 시기에 이런 물질들을 더 많이 섭취할수록 더 큰 이득을 얻었기 때문에 우리는 언제나 그것들을 구하려고 애쓰며 살도록 진화했다. 우리의 고민은 석기시대에 맞도록 진화한 미각을 가지고 예전에는 그토록 귀했던 물질들이 너무도 풍요로운 환경 속에서 살아야 하기 때문에 발생한다. 오늘날 우리 주변엔 달고 기름지고 짠 음식이 너무도 많고 우린 불행하게도 그런 음식을 좋아하도록 진화한 동물들이다.

다이어트에는 기본적으로 두 가지 방법이 있다. 영양 섭취를 줄이는 것과 운동량을 늘리는 것이다. 하지만 영양 섭취를 줄이는 방법에는 한계가 있다. 살을 빼기 위해 굶기 시작하면 그 옛날 석기시대에 먹이 섭취량의 감소를 신호로 하여 소비보다는 저축을 하는 방향으로 우리 몸을 준비시키도록 진화한 이른바 '알뜰 유전자'가 작동하기 시작한다. 우리 몸이 일단 알뜰 태세에 돌입한 후 참다 못해 음식이 쏟아져 들어오면 모두 살이 되고 만다. 우리 몸으로 하여금 궁상을 떨게 하면 안 된다. 적당히 먹고 운동을 하는 것만이 유일한 방법이라는 것이 진화생물학자의 눈에는 너무도 뚜렷하게 보인다.

다르면 다를수록

도덕의 진화

나라가 온통 거짓말의 꿀단지에 빠져 허우적거리고 있는
것 같다. 거짓을 말하는 사람이나 그 거짓에 피해를 입는
사람이나, 그리고 그걸 곁에서 듣고 있는 사람이나 모두
할 것 없이 질척질척 늘어지는 거짓의 꿀에 끈적끈적
뒤엉켜 있다. 누가 과연 거짓을 말하고 있는지, 어디서부터
어디까지가 진실인지 혼란스럽기 짝이 없다. 거짓을
말하고 있다고 거의 판정이 난 사실을 끝까지 믿어
보려 안간힘을 쓰는 사람들이 거리로 뛰쳐나오기도
한다. 이러다가 자칫 참과 거짓을 가려내려는 노력조차
포기하고 속수무책 거짓을 방관하고 이용해 먹는 사회로

재미있다

전락해 버리는 건 아닐까 걱정스럽다.

우리는 어릴 때부터 거짓말은 죄악이라고
배웠다. 목에 칼이 들어와도 절대 거짓을 말해서는 안
된다는 교훈을 귀가 따갑게 들어왔다. 하지만 단언하건대
일생 동안 거짓말을 단 한 번도 하지 않고 살 수 있는
사람은 이 세상에 없다. 일단 거짓말로 목숨을 건진 다음
나중에 조용히 "그래도 지구는 돈다"고 중얼거렸던
갈릴레오 Galileo Galilei는 거짓말을 하고도 존경받는 몇 안
되는 위인이지만, 사랑하는 사람을 위해 하다못해 선의의
거짓말이라도 한 번 안 해 본 사람이 어디 있으며, 절박한
상황에서 스스로 용기를 북돋기 위해 '난 할 수 있어'
식의 자기기만적 거짓말을 되뇌어 보지 않은 사람이 어디
있으랴.

제인 구달 박사는 다음과 같은 흥미로운 실험을
한 적이 있다. 평소 친하게 지내는 침팬지 친구들 중 한
명만 은밀히 따로 불러 도저히 한 번에 다 먹어 치울 수
없을 양의 바나나를 안겨 주었다. 갑자기 날아든 엄청난
행운에 잠시 어리둥절해하던 그 침팬지는 이내 바나나를
자기만 아는 곳에 숨겨 두곤 하나씩 야금야금 꺼내
먹기 시작했다. 이를 발견하고 몰려온 친구들에게 그는
놀랍게도 바나나를 감춰 둔 곳이라며 엉뚱한 방향을

가리켜 모두 그리로 달려가게 만든 다음 자기는 혼자서
숨겨 놓은 바나나를 꺼내 먹었다.

동물의 인지능력을 연구하는 행동학자들에게
거짓말은 더할 수 없이 훌륭한 연구 주제이다. 거짓말이란
일단 상황 판단이 끝난 다음 문제를 자신에게 유리한
방향으로 왜곡한다는 점에서 상당한 인지능력을 요구하는
행동이기 때문이다. 얼마나 치밀한 계획하에 하는지는
몰라도 거짓말을 하는 동물들의 예는 수없이 많다.
거짓말은 이처럼 동물들의 생존과 번식을 돕는 엄연한
적응 행동이다.

인간은 왜 거짓말을 하지 말자고 늘 스스로를
채근하며 사는 것일까? 당장 이렇다 할 이득을 주는 것도
아닌 듯싶은데 왜 그렇게 도덕 운운하며 사는 것일까? 우리
인간이 자연계에서 보기 드문 '도덕적인 동물'로 진화한
까닭은 그 옛날 우리 조상 중 좀 더 도덕적으로 행동한
이들이 야비했던 이들보다 더 성공적으로 자손들을 길러
냈기 때문이다. 단기적으로는 손해도 보지만 궁극적으로는
더 유리했다는 말이다. 그렇게 전파된 이른바 '도덕
유전자들'이 아직도 우리들 몸속에 남아 우리들로 하여금
거짓을 말할 때마다 자꾸 코끝이 간지럽도록 만드는
것이다.

하지만 사회가 자꾸 거짓을 방관하기 시작하여 거짓말쟁이들이 오히려 더 잘살게 되면 자칫 도덕의 진화가 멈출 수도 있다. 그렇게 되면 우리도 그저 닥치는 대로 물고 뜯는 그런 동물로 전락하고 말 것이다. 돌고래 수컷들은 늘 두세 마리가 한패가 되어 암컷의 꽁무니를 따라다닌다. 전후좌우에서 번갈아 몰며 하루 종일 따라다니면 암컷은 끝내 하는 수 없이 자기 몸을 허락한다. 이런 식으로 암컷을 얻을 때마다 수컷들은 순서를 지키며 제가끔 합방의 영광을 얻는다. 그런데 가끔 그 사회에도 먼저 잽싸게 암컷을 취하곤 다른 패로 자리를 옮기는 얌체 수컷들이 있다. 하지만 이들은 단기적인 이득은 얻을지 모르지만 일단 신의가 없는 친구로 낙인이 찍혀 결국 암컷에게 접근할 자격마저 잃고 만다. 사회적 평판이 나빠진 개체는 결국 그 사회에서도 매장되고 마는 것이다.

다르면 다를수록

함께 문제 풀기

미국의 어느 인디언 보호 구역 안에 있는 학교에 막 부임한
백인 선생님이 겪었다는 이야기다. 아이들이 시험을 보는
날이었다. 서로 보고 쓰지 못하도록 여느 때처럼 책상들을
뚝뚝 떼어 놓은 다음 시험지를 나눠 주며 선생님은 "오늘
시험은 좀 어려운 편이니 모두 정신 똑바로 차려야 한다"고
말했다. 그러자 아이들은 모두 책상을 가까이 붙이곤
빙 둘러앉았다. 이게 무슨 짓들이냐며 역정을 내시는
선생님에게 이들은 어려운 문제라면 모두 힘을 합해 함께
풀어야 하지 않겠느냐고 반문했다는 것이다.

이 이야기를 들은 이후로 나는 대학에서 강의를

재미있다   219

하며 특별히 어려운 문제를 낼 때면 학생들에게 조를 편성하여 함께 풀 것을 제안한다. 어려운 문제를 혼자 붙들고 밤새도록 끙끙댄들, 문제의 실마리도 제대로 잡지 못한 채 시간만 허비한다면 그것이 과연 효과적인 학습 방법인가는 한 번쯤 되짚어 봐야 할 것이다. 함께 머리를 맞대고 토론을 벌이며 문제의 해결책을 찾다 보면 자연스레 서로 많은 걸 배우게 된다.

우리는 너무나 오랫동안 학교에서 철저하게 혼자서 문제를 풀도록 배웠다. 하지만 학교 울타리를 벗어나는 즉시 훨씬 더 자주 남들과 함께 일하는 환경에 놓인다. 회사에서 같은 부서의 다른 직원들과 아무런 관련 없이 혼자 작업을 하게 되는 사람이 과연 몇이나 있을까 의심스럽다. 학문의 세계에서도 대부분의 학자들은 제가끔 연구 팀을 구성하여 함께 문제를 푼다. 학교 시절 거의 한 번도 공동으로 문제를 푸는 훈련을 받지 않은 이들이 갑자기 함께 일하게 되었을 때 적지 않게 당황할 것은 너무도 당연하다. 함께 문제를 푸는 것에도 훈련이 필요하다.

국민의 정부 시절 여·야·정 3자가 모여 국가 경제정책 토론 포럼을 가진 일이 있다. 여야 경제통 의원 12명과 주요 경제 부처 장관들이 밤을 새워 열띤

다르면 다를수록

토론을 하는 모습은 상상만 해도 뿌듯했다. 포럼이 끝난 후 내놓은 공동발표문의 내용이 미흡하다고 질책하는 이들도 있었지만, 어찌 첫술에 배부르랴. 나는 그저 그들이 만났다는 사실만으로도 국민의 한 사람으로서 코끝이 찡하도록 고마웠다. 여러 가지 복잡한 민생 문제들에 대한 대책들을 함께 준비하라고 만들어진 정당들이건만 엉뚱한 일에나 함께 모여 언성을 높일 뿐이라는 비난을 받았던 그들이 어떻게 갑자기 이처럼 '성숙한' 면모를 보여 줄 수 있단 말인가.

생물학자들은 유전자의 활동을 종종 의정 활동에 비유한다. 인간유전체 구조가 처음으로 발표되었을 때 밝혀진 사실 중 두 가지가 특별히 큰 의미를 지닌다. 첫째는 우리 인간의 유전체가 생각보다 훨씬 적은 수의 유전자들로 구성되어 있다는 사실이다. 그 하찮은 초파리와 비교해도 유전자 수에서 그리 큰 차이가 없다는 사실은 만물의 영장인 인류의 용안에 상당히 깊은 손톱자국을 남겼다.

또 한 가지 사건은 우리 유전자들의 족보였다. 의외로 많은 유전자들이 박테리아에서 온 것이라는 발표는 많은 이들을 섬뜩하게 만들었다. 그러나 진화생물학자들은 이미 오래전부터 이러한 사실을 예견하고 있었다. 우리 인류가 인간의 모습으로 살아온 약 600만 년의 세월은

물론이고 인간으로 진화하기 전 그 오랜 세월 동안
슬그머니 들어와 자리를 잡은 유전자들이 지금 우리
몸속에 엄청나게 많을 것으로 생각하고 있었다. 그래서
언제부터인가 '유전자들 간의 갈등'을 논의하기 시작했다.
하나의 생명체를 이루고 있는 유전자들 사이에 갈등이
있다니 무슨 소리인가 하겠지만 서로 족보가 다른
유전자들이 모였는데 어떻게 늘 마음이 맞을 수 있겠는가.

유전자들이 안고 있는 고민이 우리 사회의
국회의원들이 겪는 고민과 그리 다르지 않은 것 같다.
국회의원이란 모름지기 표에 살고 표에 죽는 존재이다
보니 자신의 지역구를 챙기는 일처럼 중요한 것은 없다.
우리 고장의 이익을 위해 일하지 않는 의원을 다음에 또
뽑을 까닭이 없기 때문이다. 그러나 모든 의원들이 항상
회기 마지막 날 지역구에 다리나 건물을 짓는 안을 슬며시
끼워 넣는 일에만 혈안이 되어 있다면 나라 꼴이 뭐가 될
것인가.

우리 사회에 토론 문화가 없다고 한다. 너무
늦게 마주 앉기 때문에 서로 다툴 수밖에 없다. 마음속으론
이미 결정을 하고 조금도 내 것을 뺏기지 않겠다는 자세로
나와 앉아 무슨 토론을 할 수 있겠는가. 문제가 생기기
한참 전부터 하릴없이 만나야 한다. 필요하다고 느껴 마주

앉으면 이미 늦었다. 꼭 결론을 봐야 할 문제가 없을 때
만나서 싸움하는 연습을 해야 한다. 같이 크며 늘 다정스레
물고 뜯는 강아지들처럼.

최소한의 참여

2000년에는 우리나라 민주주의 역사 반세기에 참으로
뜻깊은 총선이 벌어졌다. 국민의 머슴으로서 그 본분을
잊고 방만하기 그지없던 정치인들에 대한 비판의
목소리는 예전 선거에도 있었다. 그러나 조직의 힘만 믿고
콧방귀도 뀌지 않던 그들이 낙선 운동을 주도하는 시민
단체들의 입김에 가슴을 쓸어내렸다. 선거관리위원회가
신상 자료를 공개할 때마다 간신히 치부를 가리던
속옷이 벗겨지고, 총선연대의 리스트가 마치 조선 시대
살생부처럼 그들의 가슴 한복판에 비수를 꽂았다. 그때의
시민운동은 20년 가까이 지난 지금까지도 회자된다.

다르면 다를수록

건조한 동아프리카 지역의 땅속에는 털 없는
두더지naked mole-rat라는 신기한 동물이 산다. 털도 없이
쭈글쭈글한 가죽에 싸인 이 작은 동물은 살아 움직이는
작은 소시지 같기도 하고 미니 물개 같기도 하다. 하지만
포유동물로는 이례적으로 개미나 벌처럼 여왕을 모시고
사는 이른바 사회성 동물이다. 개미나 벌의 사회와
마찬가지로 번식은 오로지 여왕의 몫이고 다른 모든
개체들은 그 여왕을 위해 죽도록 일만 한다.

이 사회의 일꾼들은 크게 두 부류로 나뉜다.
몸집이 작은 일꾼들은 열심히 굴을 파고 먹이를 수확하는
데 반해, 큰 놈들은 되도록 일을 하지 않으려 하며
호시탐탐 권좌만 노린다. 여왕은 그런 덩치 큰 일꾼들을
자꾸 작업장으로 내몰지만, 언젠가 여왕이 죽어 정치
공백이 생기면 평소에 교묘하게 일을 피하며 자기 몸만
잘 챙겨 온 녀석이 정권을 잡는 경우가 종종 있다. 그들이
만일 민주적으로 여왕을 뽑는다면 그런 비열한 녀석을
뽑는 우를 범하지 않으련만.

우리도 가끔 그런 우를 범한다. 선거일이면
언제나 전국의 유명 관광호텔들이 선거의 의무를
다하라고 내준 휴일을 유흥으로 보내려는 이들 때문에
때 아닌 호황을 누린다고 한다. 자기에게 주어진 시간을

어떻게 쓰느냐는 개인의 자유지만 이런 뉴스를 접할 때마다 참으로 허탈하다 못해 같은 사회의 성원으로 배신감마저 느낀다.

　　　　요즘 우리 주변에는 이대로 가다간 나라가 망한다고 개탄하는 이들이 한둘이 아니다. 그런데 그렇게 말은 해 놓고 선거일엔 새벽같이 골프장으로 가 버린다. 그 사람들이 모두 투표를 하기만 하면 정치혁명은 간단히 일어날 것이다. 왜냐하면 혁명이란 결국 숫자 놀음이기 때문이다. 뜻이 아무리 훌륭해도 민중이 궐기하지 않으면 혁명은 일어나지 못한다. 1960년 이 땅을 흔들었던 4.19혁명도 뜻있는 지식인들의 호소를 대학생들을 비롯한 전 국민이 함께 따랐기 때문에 가능했다. 선거 때마다 꼭 하고 싶은 말이 있다. "제발 놀러가더라도 투표만은 하고 가시길 진심으로 바랍니다. 그래야 이 빼앗긴 들에도 진정 봄이 올 것입니다."

멋진 신세계

"여보, 옆집에 새로 이사 온 젊은 양반이 오늘 아침 자기 집 앞의 눈을 치우며 우리 집 앞도 말끔히 치워 줬어요. 요즘 세상에 참 보기 드문 젊은이인 것 같아요"라는 아내의 말에 이웃을 잘 만나 참 다행이라는 생각이 들었다. 그러던 어느 날 우연히 그 젊은이가 복제 인간이라는 사실을 알았다. "어쩐지 어딘가 수상쩍다 싶었다니까" 할 것인가, 아니면 "복제되었으면 어때, 사람만 성실하고 좋던데" 할 것인가?

　　　　그리 먼 훗날의 얘기가 아니다. 아마 큰일이 없는 한 우리 세대가 가기 전에 벌어질 일이다. 인간 복제는 이제 기술적으로는 더 이상 큰 어려움이 없다. 과학이 우리 삶의 질을 향상시킨다는 것을 부정할 사람은 없겠지만 또 한편으론 왠지 우리를 점점 더 거대한 공포의 수렁으로 빠뜨릴 것만 같은 느낌을 떨칠 수 없다.

과학에 대한 좀 더 명확한 이해가 필요할 것 같다. 인간 복제 기술이 완성되면 금방이라도 히틀러가 여럿 나타나 제3차 세계대전을 일으키기라도 할 것처럼 호들갑이지만 분명히 알아 둘 것은 유전자가 복제된 것이지 결코 생명체가 복제된 것이 아니라는 사실이다. 아무리 히틀러를 복제한다 하더라도 그가 나치의 괴수 히틀러로 성장할 가능성은 거의 없다. 약간의 포악한 성격은 타고날지 모르나 세상이 완전히 딴판인 지금 그가 제2의 히틀러가 될 확률은 0에 가깝다. 테레사 수녀를 여럿 복제한다 해도 그들이 모두 남을 위해 평생을 바치지는 않을 것이다.

복제 인간은 출산 시간이 좀 많이 벌어진 쌍둥이에 불과하다. 내가 만일 지금 나를 복제한다면 무슨 이유에선지 어머니의 배 속에서 몇십 년을 더 머물다 나온 쌍둥이 동생이 뒤늦게 태어나는 것뿐이다. 몇 초 간격으로 태어난 쌍둥이 형제들이 결코 똑같은 사람으로 자라지 않는 것과 마찬가지로 그 늦둥이 쌍둥이 동생이 나와 완벽하게 똑같은 인간이 될 리는 절대 없다. 유전자는 나와

다르면 다를수록

완벽하게 같을지라도 그 유전자들이 발현되는 환경이 나와 다르기 때문에 전혀 다른 인간으로 성장하게 될 것이다.

그렇다면 세상에 쌍둥이들이 좀 많아진다는 것이 그렇게도 끔찍한 일인가? 복제양이 처음 만들어진 이후 미국에서는 누구를 복제하고 싶으냐는 여론조사가 있었다. 마이클 조던과 레이건 대통령을 비롯한 유명 인사들의 이름들이 거론되었다. 우승을 갈망하는 어느 농구 구단주가 마이클 조던을 복제하여 운동장에 내놓을지는 모르지만 그런 일이 얼마나 많이 벌어지겠는가? 부족한 노동력을 충당하기 위해서나 세상을 무력으로 정복하려는 계획을 세운다면 모를까 대규모로 복제 인간들을 생산할 이유는 그리 많지 않을 것이다.

얼마 전 미국에서는 불치의 병을 앓고 있는 첫째 아이에게 골수를 이식해 줄 수 있는 사람을 찾는 데 실패하자 현대 유전학의 힘을 빌려 계획적으로 건강한 둘째 아이를 밴 어느 부부의 행위에 대해 뜨거운 논란이 있었다. "물에 빠진 사람 지푸라기라도 잡는다"는 옛말도 있듯이 죽어 가는 자식을 살리기 위해 과학에 기댔기로 누가 과연 그들에게 돌을 던질 수 있단 말인가.

생각하기조차 끔찍한 일이지만 내가 만일 그런 상황에 놓인다면 나는 두 번도 생각하지 않을 것이다.

생명 윤리 법안을 둘러싸고 논쟁이 뜨겁다. 어떤 형태로든 규범은 만들어야 한다. 하지만 그 법안이 연구의 발목을 잡아서는 절대 안 될 것이다. 불교 경전 중 『백유경百喩經』에 보면 눈병을 심하게 앓는 여자를 본 이웃집 여자가 아예 눈을 빼 버리려 했다는 얘기가 적혀 있다. "부귀는 모든 걱정의 근본이니 보시하지 않으면 훗날 그 죄보가 두렵다"는 말을 듣고 재물에 관해 지나치게 근심하여 오히려 고통을 받는 범부들의 어리석음을 일깨우는 일화다.

과학의 폐해가 두려워 연구를 접을 수 있는 시대가 아니다. 인간의 자연 서식지는 이제 과학이기 때문이다. 과학의 힘으로 태어나 과학 속에서 살다가 과학의 힘이 모자라 죽는 세상이다. 우리가 구더기 무서워 장을 못 담그고 있는 동안 과학 선진국들은 구더기를 골라내며 훌륭한 장을 담가 우리에게 도로 팔아먹으려 덤빌 것이다.

정당한 몫

우리 사회는 얼마 전 그 전례를 찾을 수 없는 엄청난 변화를 겪었다. 그리 길지 않은 우리 민주주의 역사에 드디어 민중이 그 힘을 되찾는 혁명이 조용하게, 그러나 분명하게 벌어졌다. 민주주의 국가의 주권이 민중에게 있음은 너무나 당연한 일이건만 그간의 우리 역사가 결코 아름답지만은 않았기에 벌써 옛날에 마땅히 일어났어야 했던 이 대수롭지 않은 일이 우리를 이처럼 흥분하게 만드는 것이다.

그런데 아직도 여성의 힘은 충분히 발휘되지 못하는 것 같다. 인구의 반이 여성일진대 국회 의석의 반과

행정 각료의 반은 당연히 여성의 몫이어야 하지 않는가? 가뭄에 콩 나듯 마지못해 하나 둘 끼워 주는 장관 자리와 여성 의원의 비율이 막 공산주의의 허물을 벗은 동유럽 국가들보다도 낮은 나라에서 무슨 어쭙잖은 꿈이냐고 할지 모르지만 그래서 혁명이 아름다울 수 있는 것이 아닌가?

스웨덴에서는 이미 장관의 반 이상과 거의 반에 가까운 의원들이 모두 여성이다. 프랑스도 최근 각 정당이 남녀 후보자를 동등하게 공천하도록 하는 법안을 통과시켰다. 우리나라라고 언제까지나 아랍 이슬람교 국가들 숲에 머무르라는 법은 없지 않은가?

인간은 영장류 중 암수의 몸집 차이가 그리 큰 동물이 아니다. 동남아시아 열대림에 서식하는 긴팔원숭이는 영장류로서는 드물게 거의 완벽한 남녀평등 사회를 이루고 산다. 암수 간의 몸집 차이도 거의 나지 않는다. 인간 남녀 간의 몸집 차이는 오랑우탄이나 고릴라에 비하면 훨씬 적고 침팬지에 비해서도 적은 편이다.

『침팬지 폴리틱스Chimpanzee Politics』의 저자인 프란스 드 발Frans de Waal은 언젠가 "침팬지 암수 중 누가 더 사회적으로 높은 지위를 차지하느냐"는 질문에 다음과 같이 답했다고 한다. "누가 더 몸집이 크고 힘이 세냐고 물으면 당연히 수컷이죠. 또 그들이 서로 마주칠 때 누가 더 높은 것처럼 보이느냐고 물으면 역시 수컷입니다. 그러나 누가 더 좋은 자리에 앉아 좋은 음식을 먹느냐고 묻는다면 그건 단연코 암컷이지요."

침팬지 사회에서 앞에 나서서 힘을 과시하는 것은 수컷이지만 실질적인 권력은 사실 암컷이 지니고 있다는 뜻이다. 침팬지는 인간과 유전자의 거의 99퍼센트를 공유하는 우리의 가장 가까운 사촌이다. 그들의 사회와 우리 사회가 어느 정도라도 비슷한 진화의 역사를 지닌다면 우리도 당장 동일한 숫자의 남녀 정치인을 세우지 못한다 하더라도 최소한 여성이 실세가 되기 위한 작업이 진행되어야 할 것이다.

현역 여성 정치인들을 우선적으로 공천하라는 식의 운동은 지나치게 소극적이라는 느낌이 든다. 여성 정치인의 수를 늘리는 일은 말할 나위도 없지만 여성의 권익을 옹호하는 진보적인 남성 정치인들을 확보하는 일도 그에 못지않게 중요하다. 모든 후보자들의 여성 문제에 관한 성적표나 장래 계획에 관한 공약을 정리하여 발표하면 어떨까? 반드시 공천 또는 낙천 리스트를 국민의 손에 쥐여 줄 필요는 없다. 유권자에게 정말 필요한 것은 운동 단체나 이익집단들이 미리 작성한 리스트가 아니라 후보자들의 자질과 행적에 관한 공정한 자료들이다.

다르면 다를수록

헌법재판소가 현역 군필 남성에 대한 공무원 시험
가산점제를 남녀평등 원칙에 어긋난다고 하여 위헌으로
판결하자 징병제 폐지론까지 들먹이는 엄청난 파문이 인
적 있다. 정부와 여당은 헌재의 위헌 결정에도 불구하고
군필자에 대한 가산점제를 존속하되 여성들에게는
사회봉사 가산점을 부여하겠다는 어설픈 평등 정책을
내놓았다.

가부장적 의식을 뿌리 뽑기 위한 호주제 폐지 등
우리 여성계는 남녀 차별 금지에 관한 법률의 제정과 직장
내 성희롱 예방 교육 의무화 등 괄목할 만한 여권신장을

이룩했다. 21세기가 명실공히 '여성의 세기'임을 알리는
전주곡으로 손색이 없는 업적들이다.

부엌의 찬장마다 바퀴벌레에게 점령당해
골머리를 앓고 있는 가정에는 그리 달갑지 않은 사실이지만
그들의 엄청난 성공 뒤엔 어미들의 자식에 대한 지극
정성이 숨어 있다. 어미 바퀴벌레는 대부분의 곤충들과는
달리 알들을 알집에 넣어 꽁지에 매달고 다닌다. 큰아이
등에 업고 작은아이 품에 안고 일 다니는 격이다.

하지만 우리 인간을 비롯한 이른바 젖먹이동물의
어미들은 그보다 한술 더 뜬다. 아예 알을 몸속에 품고
키운다. 어린 자식을 보호한다는 면으로는 더할 수
없이 기가 막힌 방법이지만 한편으로는 수컷을 양육의
의무로부터 해방시켜 준 사건이었다.

새들은 알이 수정되기가 무섭게 몸 밖으로
내놓는다. 절대다수의 새들은 모두 일부일처제를 유지하며
부부가 동등하게 힘을 합하여 자식을 기른다.

이제 머지않아 거리에서 무거운 배를 안고 가쁜
숨을 몰아쉬는 임신부를 보기 어려운 시대가 올 것이다.
시험관 아기는 말할 것도 없고 인공 자궁에서 아이를
키우게 될 날이 멀지 않았다. 그렇게 되면 우리는 난자와
정자만 병원에 제공한 후 이따금씩 들러 하루가 다르게

커 가는 아기를 들여다보다 9개월쯤 되는 어느 날 집으로
데려오면 된다.

이쯤 되면 인간의 부부 관계도 새들과 크게
다르지 않을 것이다. 갈매기 부부의 하루 일과를 관찰해
보면 둥지에 앉아 있는 시간과 먹이를 구하기 위해 나가
있는 시간이 거의 정확하게 나뉘어 있다. 실제로 갈매기
부부가 업무 교대를 할 때 유난히 시끄럽게 떠드는 이유는
서로를 밖으로 내몰기 위함이다. 서로 집에 더 오래 있기
위해 다투다 보면 불화의 골이 깊어지고 때론 이혼도 한다.

이제 산업의 종류와 구조가 변하고 여성들도
경제적으로 자립하는 시기가 왔다. 이제 꼭 남편이
'바깥양반'이고 부인이 '안사람'이어야 할 까닭이 없다.
그로 인해 여성도 과연 병역의 의무를 져야 하는가 등등
평등의 개념과 범주에 관한 논란이 끊이지 않을 것이다.
반드시 남성과 똑같아지는 것만이 평등을 이루는 길은
아니겠지만 한동안은 그런 방향으로 움직여 갈 것 같다.

다르면 다를수록

더 나은 사회로 가는 단계

옛날 중국 진秦나라의 여불위呂不韋가 지었다고 전해지는
『여씨춘추呂氏春秋』에는 기황양祁黃羊이란 사람에 관한
다음과 같은 이야기가 적혀 있다. 어느 날 그에게 고을
현령 자리에 사람을 천거해 달라는 부탁이 들어왔다. 그는
서슴지 않고 한 사람을 천거했는데 바로 다름 아닌 그의
원수였다. 천거받은 이가 놀라 되묻자 그는 "적임자가
누구냐 물으셨지 제 원수가 누구냐 물으셨습니까?"라고
반문했다 한다. 얼마 후 그에게 또 다른 자리에 사람을
천거해 달라 하자 이번에는 자신의 아들을 천거했다.
아들을 천거하면 남들이 뭐라 할 것이라 걱정하자 그는

또 "누가 적임자냐 물으셨지 그가 제 아들이냐 묻지
않으셨습니다"라고 답했다 한다.

필요한 곳에 진정으로 능력을 갖춘 인재를 아무
부담 없이 등용하여 쓸 수만 있다면 얼마나 좋겠는가.
중남미 열대림에 사는 잎꾼개미는 식물의 이파리를
수확하여 그것을 거름 삼아 버섯을 경작하는 동물 세계
최초의 농사꾼이다. 큰 군락에는 무려 500만 마리가 넘는
일개미들이 거대한 지하 농장을 운영하느라 밤낮없이
일한다. 잎꾼개미 일개미들은 아예 몸의 크기에 따라 네
계급으로 태어나 각자 맡은 일만 열심히 하게 되어 있는
분업 제도를 채택하고 산다. 그래서 실험적으로 그중
한 계급을 제거하면 다른 계급의 일개미들이 대신 일을
하기는 하지만 효율이 떨어져 사회 전체가 그리 원활하게
움직이지 못한다.

이렇듯 사회란 그 성원들이 직성과 능력에
따라 적재적소에 배치되어 일을 할 수 있어야 효율이
극대화되는 것이다. 하지만 우리 사회는 능력보다는
다분히 지연과 학연에 의해 직책이 결정되는 지극히
불합리한 구조를 갖추고 있다. 어제오늘의 일도 아니다.
노론과 소론, 남인과 북인으로 나뉘어 허구한 날 내 사람
챙기기에 바빴던 당파 싸움을 기억할 것이다.

다르면 다를수록

정부가 앞으로 한 부처에 특정 고등학교 출신의
비율을 조정하겠다고 밝힌 적이 있다. 참으로 유치하기
짝이 없는 정책이다. 기황양이 하늘에서 내려다보며
코웃음을 칠 일이다. 하지만 기황양이 비웃은 나라는
우리나라가 처음이 아니다. 가장 합리적인 나라 중의
하나라고 알려진 미국은 이미 오래전부터 소수민족의
취업을 보장하는 정책을 시행해 왔다. 최근에는 몇몇
주에서 백인들의 반발로 이미 폐지되었거나 존폐 위기에
몰렸지만 이른바 차별철폐조치법affirmative action은 그동안
흑인을 비롯한 많은 소수민족들에게 결정적으로 중요한
기회를 부여해 왔다.

우리 여성계가 어렵게 얻어 낸 할당제를 놓고도
논쟁이 적지 않은 것으로 안다. 애당초 열등하다는 사실을
인정하고 들어가는 것이 아니냐, 더 적합한 남성이 있어도
채용하지 못하는 것은 불합리한 일이 아니냐 하며 비난이
만만치 않다. 다분히 인위적이고 비합리적인 제도임에는
틀림이 없다. 그러나 합리적이고 공평한 사회로 가는
길목에서 어쩔 수 없이 해야 하는 일이다. 여성 할당제는
미국 정부도 적극적으로 추진했던 정책이다.

나는 미국에서 박사 학위를 한 후 2년이 지나
미시간 대학에 자리를 잡기까지 많은 대학의 교수

채용에 응모하여 여러 차례 최종 결선에까지 갔으나
마지막 고비에서 번번이 고배를 마셨다. 내가 2등으로
아슬아슬하게 교수직을 거머쥐지 못한 거의 모든 대학에
여성 과학자들이 자리를 잡았다. 그래서 최종 경합에
여성이 끼여 있으면 아예 포기할 생각까지 하곤 했다.
대학에서 여교수의 비율을 높여야 했던 시절이라 내게
불리했다고 핑계를 대고 싶지만 사실 내 경우에는 자리를
잡은 여성들이 객관적으로 볼 때 나보다 월등하게
훌륭한 업적을 가진 과학자들이었다. 그런 정책이 없을
때 남자들이 부당하게 차지했던 자리를 능력 있는
여성들에게 내준 것뿐이었다.

       궁극적으로는 우리 사회도 기황양처럼 거리낌
없이 능력 있는 사람을 천거하고 또 채용할 수 있어야
한다. 하지만 그런 사회로 가려면 때로 유치한 정책도
필요한 법이다. 기왕에 유치한 정책인 줄 알면서도 큰마음
먹고 세웠으니 올바른 사회로 가기 위한 예행연습이라
생각하고 교본에 따라 잘 실천하길 바란다.

가장 어려운 자유

카뮈Albert Camus는 자살을 가리켜 진정한 의미의 유일한 철학적 문제라 했다. 생물학적으로도 단연 비길 데 없는 의문거리다. 보다 많은 유전자들을 후세에 퍼뜨리도록 만들어진 생존 기계가 스위치를 끈다는 것은 어느 기준으로 보나 설명하기 대단히 어려운 문제다. 하지만 이런 논리를 비웃기라도 하듯 자살은 두 눈을 부릅뜨고 늘 우리 곁에 서 있다. 미국에서는 자동차 사고 다음으로 많은 젊은이들의 목숨을 앗아 가는 것이 자살이다. 우리나라의 자살률도 세계 평균을 웃돌기 시작했으며 급속도로 증가하고 있다.

　　설치류에 속하는 레밍은 인간을 제외한 동물들

재미있다

중 유일하게 자살을 한다고 알려졌다. 주로 북유럽에
서식하는 이 작은 동물들은 이른 봄, 미처 얼음이 녹지도
않은 차디찬 강물에 뛰어들어 스스로 목숨을 끊는 것처럼
보였다. 그것도 한두 마리가 아니라 엄청난 숫자가
한꺼번에 집단 자살을 한다고 말이다.

　　　이 진기한 '현상'에 생물학자들은 앞을 다퉈
그럴듯한 논리를 부여했다. 먹이와 공간이 부족한
상황에서 모두가 살겠다고 발버둥 치다 보면 함께
몰락할 수 있기 때문에 레밍들의 일부가 다른 동료들을
위해 스스로 죽음을 택한다는 설명이다. 이 눈물겹도록
아름다운 이야기는 결국 사실이 아닌 것으로 드러났다.
레밍들은 그저 미끄러운 얼음판을 달리다 미처 멈추지
못해 익사할 뿐이다.

　　　아주 간단한 가상현실을 펼쳐 보자. 남을 위해
기꺼이 한 목숨 바치겠다는 숭고한 레밍들의 죽음을 향한
대열 저 뒤쪽에 은밀하게 구명조끼를 두른 얌체 레밍 한
마리를 상상해 보라. 이듬해엔 서너 마리의 레밍들이
구명조끼를 두르고 있을 것이다. 그다음 해엔 열몇 마리,
또 그다음 해엔 몇십 마리로 늘 것이다. 스스로 목숨을
끊는 숭고한 레밍들의 고귀한 유전자들은 다음 세대에
전달되지 못하고 얌체 유전자들만 대물림되기 때문이다.

자살 성향이 진화하기 어려운 까닭이 바로 여기 있다.

유교에서는 부모로부터 받은 자기 몸을 함부로
해칠 수 없다 가르친다. 기독교도 자살이란 살인과
마찬가지이며 영혼에 큰 벌이 내린다고 경고한다.
자살은 살인보다 훨씬 악질적이다. 왜냐하면 후회의
기회를 앗아 가기 때문이다. 신 앞에 무릎을 꿇을 수 있는
가능성조차 스스로 제거하기 때문이다.

자살 도우미의 삶을 그린 소설『나는 나를 파괴할
권리가 있다』에서 작가 김영하는 주인공의 입을 빌려
이렇게 말한다. "고객과의 일이 무사히 끝나면 나는 여행을
떠나고 여행에서 돌아오면 고객과 있었던 일을 소재로 글을
쓰곤 했다. 그럼으로써 나는 완전한 신의 모습을 갖추어
간다. 이 시대에 신이 되고자 하는 인간에게는 단 두 가지의
길이 있을 뿐이다. 창작을 하거나 아니면 살인을 하는 길."
그렇다면 자살도 결국 신으로부터 자유로워지려는 우리의
몸부림인가.

언어의 죽음

최승호 시인의 시 〈이것은 죽음의 목록이 아니다〉에는
수달, 멧돼지, 오소리, 너구리부터 씀바귀, 왕고들빼기,
이고들빼기, 고들빼기에 이르기까지 수백 가지 생물의
이름들이 을씨년스럽게 매달려 있다. 시인은 애써 죽음의
목록이 아니라지만 내 눈에는 영락없는 살생부로 보인다.
개발의 명분 아래 동강 유역에서 영원히 사라질지도 모를
생물들의 목록이다.

　　　나는 오늘 "우비크, 맹크스, 음바바람, 쿠페이뇨,
와포…"로 시작하는 또 한 편의 시를 읽는다. 이것은
분명 죽음의 목록이다. 이미 이 지구상에서 사라져

　　　　다르면 다를수록

버린 언어들의 목록이기 때문이다. 유네스코에 따르면
지난 500년 동안 인류 언어의 절반이 절멸했다고 한다.
언어학자들은 이번 세기가 끝나기 전에 현존하는 언어의
절반이 또 사라질 것이라고 한다.

현재 전 세계 인구의 90퍼센트가 그저 100개
남짓의 언어를 사용하고 있다. 나머지 10퍼센트의
사람들이 무려 6000개가량의 언어를 구사하고 있다는
뜻이다. 사용 인구가 10만 명 이상인 언어는 기껏해야
600개 정도밖에 되지 않는다. 다행히 우리말은 사용 인구로
볼 때 세계 12위의 위용을 뽐내고 있다.

한글의 우수성은 이제 세계가 인정한다.
세계적인 석학 제레드 다이아몬드 박사는 한글이 세계에서
가장 독창적이고 합리적인 문자라고 극찬한다. 일본인들은
근본적으로 한국인이라는 주장도 하는 분이라 한국 아이를
둘씩이나 입양하여 키운다는 헛소문까지 나돌 정도로
우리나라 사람들이 좋아하는 학자다. 일찍이『대지』의
작가 펄 벅Pearl S. Buck, 영국 리즈 대학의 제프리 샘슨Geoffrey
Sampson 교수 등 한글의 탁월함을 부르짖은 이들은 수없이
많다.

특히 컴퓨터에서 한글의 효율성은 한자나
일본어에 비해 무려 일곱 배나 된다고 한다. 그래서일까?

한글은 인터넷 공간에서 무차별적으로 난도질을 당해
왔다. 언어도 문화이기 때문에 쓰임이 없는데 억지로
우긴다고 정착되는 것은 물론 아니다. 젊은 세대가 인터넷
언어를 사용하고 그것이 그들 간의 의사소통에 주요
수단이 되면 그것이 이 나라 장래의 주요 언어가 되는
것이다. 우리가 좋아하든 말든, 우리가 허락하건 말건.
그래서 인터넷 언어를 무조건 반대하거나 말살하려고
무모한 노력을 들일 까닭은 없다. 다만 그 언어가 우리
고유의 언어에 잘 녹아들고 순화되도록 모두가 지혜를
모으고 함께 노력할 일이라고 생각한다.

옥스퍼드 대학 출판부에서 출간된 『사라져 가는
목소리들Vanishing Voices』이라는 저서에서 인류학자 대니얼
네틀Daniel Nettle과 언어학자 수전 로메인Suzanne Romaine은
언어의 소멸이란 생물의 멸종과 그 과정이 매우 흡사하며
서로 밀접하게 연관되어 있다고 주장한다. 생물다양성이
특별히 높은 열대지방에 다양한 언어들이 발달했고
생물다양성이 급격하게 줄고 있는 지역들에서 언어
다양성도 가장 급격하게 감소하고 있다는 것이다. 언어가
필요한 대상이 많으면 많을수록 언어가 더 풍부해지는
것은 너무나 당연한 일이다.

언어를 잃는다는 것은 곧 그 언어로 일군 문화를

다르면 다를수록

잃는다는 것이다. 문화란 어차피 변화하는 것이지만 내 문화가 꿋꿋해야 남의 문화와 만났을 때 넘어지지 않고 포용할 수 있다. 나는 2000년대 초 〈황소개구리와 우리말〉이라는 제목의 글을 발표했는데 부끄럽게도 고등학교 국어교과서 제1장에 수록되어 우리 아이들이 읽고 자랐다. 개인적으로 무척 자랑스럽게 생각하는 이 글에서 나는 우리글이 건강하게 살아 있어야 외래어의 공략을 견뎌 낼 수 있는 것이라고 주장했다. 우리글이 취약해지면 언제 어떻게 언어의 외침을 당할지 모른다. 약해질대로 약해진 우리 생태계가 황소개구리의 침략에 무참하게 무릎을 꿇었던 것처럼.

　　　얼마 전부터 뜻있는 학자들을 주축으로 '우리말로 학문하기' 운동이 일고 있다. 지식 수입의 시대를 넘어 지식 창출의 시대를 열기 위한 중요한 첫걸음이란 점에서 매우 반가운 일이다. 이런 맥락에서 생물학자인 나는 두 가지 지극히 간단한 제안을 하려 한다. 이제는 우리 시대에 가장 보편적인 용어가 돼 버린 영어의 genome과 DNA의 우리말 표현에 관한 제안이다. 전자는 독일어도 아닌데 무슨 까닭인지 '게놈'이란 국적 불명의 발음으로 불린다. 우리나라에 처음 소개되었을 때 어느 학자가 제안한 유전체유전자+염색체라는 더할 수 없이 훌륭한 말이 있는데도 말이다.

DNA를 우리 자판에서 영어로 미처 바꾸지
않은 채 치면 '움'이라는 말이 뜬다. 움은 '어린 싹'의
우리말이다. 나도 우연히 실수로 발견한 것이지만 DNA의
기능을 표현하는 데 손색이 없어 보인다. 그냥 '움'이라고
하면 식물의 움과 구별하기 어려울 테니 '유전움' 또는
순우리말로 '내리움'이라 부르면 어떨까. 더 늦기 전에 이런
멋진 우리말들로 바꿔 쓰면 좋겠다.

다르면 다를수록

1판 1쇄 발행 2017년 11월 15일
1판 8쇄 발행 2024년 12월 23일

지은이 최재천
펴낸이 김영곤
펴낸곳 (주)북이십일 아르테

기획편집 장미희 김지영 최윤지
디자인 일상의실천
일러스트 최진영
마케팅 한충희 남정한 최명열 나은경 한경화
영업 변유경 김영남 강경남 황성진 김도연 권채영 전연우 최유성
제작 이영민 권경민

출판등록 2000년 6월 6일 제406-2003-061호
주소 (우10881) 경기도 파주시 회동길 201(문발동)
대표전화 031-955-2100 **팩스** 031-955-2151 **이메일** book21@book21.co.kr

(주)북이십일 경계를 허무는 콘텐츠 리더

아르테 채널에서 도서 정보와 다양한 영상 자료, 이벤트를 만나세요!

인스타그램 instagram.com/21_arte   **페이스북** facebook.com/21arte
instagram.com/jiinpill21   facebook.com/jiinpill21
포스트 post.naver.com/staubin   **홈페이지** arte.book21.com
post.naver.com/21c_editors   book21.com

ISBN 978-89-509-7244-8 03810